Anthony Trollope

## Das Pfarrhaus Framley

Sechster Band (Schlussband)

Anthony Trollope

**Das Pfarrhaus Framley**
*Sechster Band (Schlussband)*

ISBN/EAN: 9783744640909

Hergestellt in Europa, USA, Kanada, Australien, Japan

Cover: Foto ©Andreas Hilbeck / pixelio.de

Weitere Bücher finden Sie auf **www.hansebooks.com**

# Das Pfarrhaus Framley.

Ein Roman

von

## Anthony Trollope,

Verfasser von: „Doctor Thorne," „Schloß Richmond" ꝛc.

Deutsch

von

## A. Kretzschmar.

Sechster Band.

Wurzen,

Verlags-Comptoir.

1864.

# Das Pfarrhaus Framley.

---

## Sechster Band.

# Erstes Kapitel.

---

## Wer Pech angreift ꝛc.

In diesen heißen Sommertagen, Ende Juni und Anfang Juli, hatte Mr. Sowerby eine sehr unruhige Zeit. Auf den Wunsch seiner Schwester war er nach London geeilt und mehrere Tage dort geblieben, um mit den Advocaten zu sprechen.

Es waren dies für ihn neue Advocaten, Miß Dunstable's Geschäftsagenten, ruhige, alte, vorsichtige Herren, deren Geschäftslocal sich in einem finstern Gäßchen hinter der Bank befand, und die sich kein Gewissen daraus machten, ihn stundenlang aufzuhalten, während sie oder ihr Schreiber mit ihm über Etwas, oder über Nichts sprachen.

Es war für Mr. Sowerby von der größten Wichtigkeit, daß dieses Geschäft ohne Verzug geordnet

**1\***

würde, und dennoch gingen diese Leute, denen dieses Arrangement anvertraut war, dabei zu Werke, als ob dergleichen Proceduren eine herrliche Landschaft wären, in welcher die Menschen gern verweilten und sich sonnten.

Dann mußte er auch mehr als ein Mal zu den Geschäftsagenten des Herzogs gehen, was ihm noch weit unangenehmer war, denn diese Leute waren jetzt weniger höflich, als sie sonst zu sein gepflegt. Man wußte hier recht wohl, daß er jetzt nicht mehr ein Günstling des Herzogs, sondern ein Opponent, nicht mehr sein Wahlcandidat, sondern sein Feind war.

„Chaldicotes," sagte der alte Mr. Gumption zu dem jungen Mr. Gagebee, „Chaldicotes ist, insoweit Sowerby in Frage kommt, eine gebratene Gans. Kann es ihm deßhalb nicht völlig gleich sein, ob der Herzog sie schmauf't, oder Miß Dunstable? Was mich betrifft, so kann ich nicht begreifen, wie ein Gentleman, wie Sowerby, sein Besitzthum in die Hände dieses Frauenzimmers fallen lassen kann, deren Geld noch nach der Apotheke riecht, — und," setzte er hinzu, „Nichts kann zugleich undankbarer sein, als Sowerby's Handlungsweise. Er hat die Grafschaft seit fünfundzwanzig Jahren im Parlament vertreten, ohne Etwas dafür zu bezahlen, und nun, wo die Zeit zum Bezahlen da ist, mäkelt er an dem Preise."

In Gumption's Augen war dies nicht viel besser, als Betrug an dem Herzoge, und man kann sich daher denken, daß Mr. Sowerby kein großes Vergnügen daran fand, ein Geschäftsbureau zu besuchen, in welchem man auf diese Weise über ihn urtheilte.

Und dann verbreitete sich unter sämmtlichen wechseldiscontirenden Blutegeln das Gerücht, daß dem Sowerby=Cadaver noch einige Tropfen Blut auszusaugen seien. Die reiche Miß Dunstable hatte seine Angelegenheiten in die Hand genommen, so viel wußte man in dem Umkreise des uns bekannten Gasthauses zur Ziege. Tom Tozer's Bruder erklärte, Miß Dunstable werde wahrscheinlich Mr. Sowerby heirathen, und jedes Blättchen Papier, auf welchem Sowerby's Name stände, würde binnen kurzer Zeit mit Banknoten aufgewogen werden.

Tom Tozer selbst aber — Tom, welcher der eigentliche Held der Familie war — lachte dazu, rümpfte die Nase und sprach von der Beschränktheit seines Bruders in den verächtlichsten Ausdrücken.

Er müßte es besser, sagte er, und dies war auch wirklich der Fall. Miß Dunstable, behauptete er, stände im Begriff, den Squire auszukaufen und mit ihm zugleich die Tozers sowohl, als alle anderen derartigen Geschäftsleute.

Die Tozers kannten aber ihren Werth und

begannen sofort, sich auf ganz ungewöhnliche Weise zu rühren.

Mr. Sowerby suchte sich natürlich von ihnen und ihren Collegen so fern als möglich zu halten, aber seine Bemühungen waren in der Regel vergebens. So oft er sich auf ein paar Tage von den Advocaten losmachen konnte, eilte er nach Chaldicotes. Tom Tozer aber folgte ihm hartnäckig auch dorthin und ließ sich keck durch den Diener anmelden.

„Mr. Sowerby ist in diesem Augenblick nicht zu Hause," sagte der gutinstruirte Diener.

„Nun, dann will ich warten," sagte Tom, indem er sich auf einen in Stein ausgehauenen Greif setzte, welcher die steinerne Treppe vor dem Hause bewachte. Und auf diese Weise erreichte Mr. Tozer seinen Zweck.

Sowerby suchte immer noch wieder in's Parlament gewählt zu werden, und es geziemte ihm daher, seinen Feinden nicht Ursache zu geben, zu sagen, er verstecke sich. Es war ein Theil seines Abkommens mit Miß Dunstable, daß er wieder als Wahlcandidat aufträte. Sie hatte es sich ein Mal in den Kopf gesetzt, daß der Herzog sich schlecht benommen, und deßhalb war sie entschlossen, ihn dafür büßen zu lassen.

Der Herzog, sagte sie, hätte sich lange genug in diese Dinge gemischt, und sie wolle nun ein Mal sehen, ob nicht das Chaldicotes-Interesse für sich allein genüge, ein Parlamentsmitglied für die Grafschaft, selbst mit Opposition gegen den Herzog, zu wählen.

Mr. Sowerby selbst war so mürbe gemacht, daß er, wenn er gekonnt hätte, in diesem Punkte nachgegeben haben würde, Miß Dunstable aber hatte ein Mal ihren Entschluß gefaßt, und er mußte sich in sie fügen.

Auf diese Weise gelang es Tom Tozer, sich den Weg zu Mr. Sowerby zu bahnen, und eine der Folgen dieser Zudringlichkeit war nachstehender Brief von Mr. Sowerby an seinen Freund Mark Robarts:

„Chaldicotes, Juni 185—.

„Mein lieber Robarts.

„Ich werde jetzt durch eine unendliche Menge Unannehmlichkeiten so gepeinigt, daß ich gegen die anderer Leute fast gleichgültig bin. Man sagt, das Glück mache den Menschen egoistisch. Ich habe dies niemals erfahren, wohl aber weiß ich ganz bestimmt, daß das Unglück diese Wirkung äußert. Nichtsdestoweniger beunruhigen mich jene von Ihnen ausgestellten Wechsel —"

„Von mir ausgestellte Wechsel!" sagte der Vicar bei sich selbst, während er, diesen Brief lesend, in seinem Garten auf- und abging. Es geschah dies ein oder zwei Tage nach seinem Besuch bei dem Advocaten in Barchester.

„— und ich würde mich freuen, wenn ich Ihnen weitere Behelligungen in dieser Beziehung ersparen könnte. Jener Blutsauger Tom Tozer ist so eben bei mir gewesen und besteht auf Zahlung für beide. Er weiß recht wohl, daß für das letzte Papier keine Valuta gegeben worden ist, aber er weiß auch, daß das Geschäft nicht mit ihm, noch auch mit seinem Bruder gemacht worden ist, und er wird daher jeden Augenblick bereit sein, zu beschwören, daß er für beide Papiere vollen Werth gegeben habe. Für fünfhundert Pfund, oder auch die Hälfte dieser Summe, würde er sonst Etwas beschwören. Ich glaube nicht, daß der Vater der Lügen selbst ein größerer Schurke ist, als Tom Tozer.

„Er erklärt, daß er sich nicht dazu verstehen könne, auch nur einen Schilling weniger zu nehmen, als die ganze Summe von neunhundert Pfund. Er besteht hierauf, weil er gehört hat, daß meine Schulden im Begriff stehen, bezahlt zu werden. Gott stehe mir bei! Dies heißt ja nichts Anderes, als daß die elenden Aecker, welche jetzt an einen Millionair verpfändet sind, den zeitweiligen Inhaber ändern und einem andern Millionair verpfändet werden sollen. Ich habe von diesem Tausch vielleicht den Gewinn, daß ich ein Haus behalte, in welchem ich noch während der nächsten zwölf Monate wohnen kann, einen andern aber nicht.

Tozer ist jedoch auf einer ganz falschen Spur, und das Schlimmste dabei ist, daß seine Bosheit mehr Sie treffen wird, als mich.

„Was ich Ihnen vorschlage, zu thun, ist Folgendes: Wir wollen ihm gemeinschaftlich hundert Pfund bezahlen. Obschon ich den letzten elenden Gaul, den ich habe, verkaufen muß, so will ich doch fünfzig Pfund zusammenmachen, und ich weiß, daß Sie wenigstens eben so viel thun können. Dann acceptiren Sie, gemeinschaftlich mit mir, einen Wechsel auf achthundert Pfund. Es soll dies in Forrest's Gegenwart geschehen und das neue Papier diesem eingehändigt werden, während zugleich die beiden alten Wechsel Ihnen in Ihre eigenen Hände zurückgegeben werden. Dieses neue Papier soll neunzig Tage laufen, und ich werde während dieser Zeit Himmel und Erde in Bewegung setzen, daß es in die allgemeine Liste meiner Schulden mit aufgenommen werde, welche durch Hypothek auf das Besitzthum Chaldicotes gedeckt werden."

Dies sollte heißen, Miß Dunstable sollte zur Bezahlung dieses Geldes durch die Vorspiegelung verlockt werden, daß es ein Theil der durch die bestehende Hypothek gedeckten Summe sei.

„Wenn Sie," hieß es in dem Briefe weiter, „kürzlich in Barchester erklärten, Sie würden niemals wieder einen Wechsel ausstellen, so ist dies in Bezug auf künftige Geschäfte sehr gut, und Nichts könnte weiser sein, als ein solcher Entschluß. Aber Thorheit — schlimmer als Thorheit — wäre es, wenn Sie Ihr Hausgeräth wegnehmen lassen wollten, während sich Ihnen die Mittel, dies zu verhindern, so leicht darbieten. Wenn Sie den neuen Wechsel in Forrest's Händen lassen, so können Sie überzeugt sein, daß Sie vor den Klauen solcher Raubvögel, wie diese Tozers, sicher sind. Selbst wenn es mir nicht möglich wäre, die Sache vor Ablauf der drei Monate abzumachen, so wird Forrest Sie in den Stand setzen, jedes Ihnen bequem und angemessen scheinende Arrangement zu treffen.

„Lieber Freund, ich bitte Sie um's Himmels willen, mir dies nicht abzuschlagen. Sie können sich kaum denken, wie die Furcht, daß die Diener des Gerichts in das Zimmer Ihrer Gattin eindringen, mir auf dem Herzen lastet. Ich weiß, Sie denken nicht gut von mir, und ich wundere mich nicht darüber. Ganz gewiß aber würden Sie weniger geneigt sein, dies zu thun, wenn sie wüßten, wie furchtbar ich dafür gezüchtigt werde. Ich bitte, mich zu benachrichtigen, daß Sie thun wollen, wie ich Ihnen rathe.

„Stets der Ihrige

„R. Sowerby."

Zur Antwort hierauf schrieb der Vicar die wenigen Worte:

„Framley, Juli 185—.

„Mein lieber Sowerby.

„Ich werde mich unter keiner Bedingung dazu verstehen, wieder einen Wechsel zu unterschreiben.

„Stets der Ihrige

„Mark Robarts."

Und nachdem er dies geschrieben und es seiner Gattin gezeigt, kehrte er in den Garten zurück und schritt auf und ab, indem er dann und wann einen Blick auf Sowerby's Brief warf und über alle der Vergangenheit angehörigen Umstände seiner Freundschaft mit diesem Manne nachdachte.

Schon die Thatsache, daß der Mann, der diesen Brief geschrieben, sein Freund gewesen, war eine Schmach für ihn. Sowerby kannte sich und seinen eigenen Ruf so gut, daß er gar nicht wagte, zu glauben, sein eigenes Wort gelte noch Etwas — nicht ein Mal, wenn es sich um einen Act der alltäglichsten Ehrlichkeit handelte. „Die alten Wechsel sollen Ihnen in Ihre eigenen Hände zurückgegeben werden," hatte er mit Nachdruck erklärt, denn er wußte, daß sein Freund und Correspondent sich unter einer weniger stricten Bürgschaft gegen ferneren Betrug nicht sicher fühlen würde.

Dieser Gentleman, dieses Parlamentsmitglied, der Besitzer von Chaldicotes, mit welchem Mark Robarts so innig auf freundschaftlichem Fuße zu stehen gewünscht, war jetzt so weit gekommen, daß er es aufgegeben hatte, von sich selbst als von einem ehrlichen Manne zu sprechen. Er war an Mißtrauen so gewöhnt, daß er es als etwas sich von selbst Verstehendes betrachtete. Er wußte, daß Niemand seinem gesprochenen oder seinem geschriebenen Wort trauen könne, und er sprach und schrieb ohne einen Versuch, diese Ueberzeugung zu verbergen.

Und dies war der Mann, den er sich so gefreut, seinen Freund zu nennen, um dessen willen er nahe daran gewesen, sich mit Lady Lufton zu entzweien, und auf dessen Antrieb er, ohne es zu wissen, so vielen der besten Entschlüsse seines Lebens untreu geworden.

Er blickte jetzt, während er so langsam hin- und herschritt und den Brief noch in der Hand hielt, auf den Tag zurück, wo er an dem Schulhause Halt gemacht und den Brief an Mr. Sowerby geschrieben, worin er versprochen, sich der Gesellschaft in Chaldicotes anzuschließen.

Er war damals so begierig gewesen, seinem eigenen Willen zu folgen, daß er sich nicht gestattet hatte, nach Hause zu gehen und die Sache mit seinem Weibe zu besprechen.

Er dachte auch an die Art und Weise, auf welche er in das Haus des Herzogs von Omnium gelockt worden, und an die damals schon in ihm auftauchende Ueberzeugung, daß er sicher in Unheil gerathen würde, wenn er dieser Versuchung nachgäbe.

Und dann erinnerte er sich des Abends in So= werby's Schlafzimmer, wo der Wechsel zum Vorschein gebracht worden, und er sich hatte überreden lassen, seinen Namen darauf zu setzen — nicht weil er Wil= lens war, seinem Freund auf diese Weise beizustehen, sondern weil er nicht im Stande war, es ihm abzu= schlagen. Er hatte nicht den Muth gehabt, „Nein" zu sagen, obschon er damals wußte, wie gröblich der Fehler war, den er beging. Er hatte nicht den Muth gehabt, „Nein" zu sagen, und daher war all' dieses Elend und diese Ursache zu bitterer Reue über ihn und die Seinen gekommen.

Er bereute tief, daß er auf diese Weise gestrau= chelt, und beschloß mehr als ein Mal, die Schulter an das Rad zu stemmen, wie es einem Manne ge= ziemte, der auf Erden den Kampf kämpft, für welchen er seine Rüstung angelegt.

Immer und immer wieder dachte er an jene Worte seines Collegen Crawley, und als er jetzt im Garten auf= und abging und Mr. Sowerby's Brief in der Hand zusammenknitterte, dachte er wieder daran.

„Es ist eine furchtbare Verirrung," hatte Mr. Crawley gesagt, „und doppelt furchtbar in Folge der Schwierigkeit der Umkehr."

War es wirklich so weit mit ihm gekommen, daß er nicht umkehren — daß er nie wieder mit gutem Gewissen sein Haupt als Hirt seiner Gemeinde emporheben konnte? Sowerby war es, der ihn in dieses Elend gestürzt, der diesen Ruin über ihn gebracht.

Aber hatte Sowerby ihn nicht dafür bezahlt? War die Pfründe, welche der Vicar jetzt in Barchester innehatte, nicht Sowerby's Geschenk? Er war jetzt ein armer, beklagenswerther Mann, aber nichtsdestoweniger wünschte er von ganzem Herzen, daß er niemals Theilhaber an den Genüssen des Domkapitels von Barchester geworden wäre.

„Ich werde auf die Pfründe verzichten," sagte er diesen Abend zu seiner Gattin. „Dies ist mein fester Entschluß."

„Aber, Mark, werden die Leute nicht sagen, dies sei sonderbar?"

„Dann kann ich es nicht ändern — mögen sie es sagen. Fanny, ich fürchte, wir werden noch härtere Worte über uns äußern lassen müssen, als diese."

„Niemand kann sagen, daß Du Etwas gethan, was ungerecht oder unehrenhaft gewesen wäre. Wenn es Leute giebt, wie Mr. Sowerby —"

„Die Schwärze seines Fehlers entschuldigt nicht den meinigen," entgegnete Mark und saß dann wieder schweigend da und schlug die Augen nieder, während seine Gattin neben ihm saß und seine Hand in der ihren hielt.

„Betrübe Dich nicht allzusehr, Mark," sagte sie. „Es wird Alles wieder in's rechte Gleis kommen. Es ist nicht möglich, daß der Verlust von einigen hundert Pfunden Dich ruiniren sollte."

„Ach, das Geld ist es nicht — das Geld ist es nicht!"

„Du hast ja nichts Unrechtes gethan, Mark."

„Wie soll ich in die Kirche gehen und vor die Gemeinde hintreten, während Jeder weiß, daß Ge=richtsdiener in meinem Hause sind!"

Und damit ließ er den Kopf auf den Tisch nieder=sinken und fing an laut zu schluchzen.

Der Fehler des Vicars hatte hauptsächlich darin bestanden, daß er geglaubt hatte, er könne Pech an=greifen, ohne sich zu besudeln. Er hatte, indem er in seinem freundlichen Pfarrhaus auf die angenehmern obern Rangstufen der ihn umgebenden Welt hinaus=blickte, gesehen, daß die Menschen und Dinge in diesen Regionen sehr verlockend waren. Sein Pfarrhaus mit seiner sanften, freundlichen Gattin war ihm außer=ordentlich theuer, und Lady Lufton's liebreiche Freund=

schaft hatte ebenfalls ihren Werth; aber waren diese
Dinge für einen Mann, der in Harrow und Oxford
in der besten Gesellschaft gelebt, nicht etwas langweilig,
wenn ihm nicht dann und wann eine etwas lebendigere
Abwechselung geboten ward? Kuchen und Bier sagten
seinem Gaumen eben so gut zu, wie den Gaumen
Derer, mit welchen er früher auf der Universität
gelebt. Er besaß denselben Kennerblick, um ein Pferd
zu beurtheilen, und fand dieselbe Lust an einem wilden
Galopp.

Ueberdies bemerkte er auch, daß die Männer ihn
gern hatten — die Männer und auch die Frauen,
Männer und Frauen, welche einen hohen Standpunkt
in der Gesellschaft einnahmen.

Er fühlte sich geschmeichelt und bildete sich all=
mählich ein, er sei von der Natur für die Gesellschaft
vornehmer Leute bestimmt. Er war nicht der erste
Geistliche, der so gelebt und auf diese Weise sein Glück
gemacht. Ja, schon viele Geistliche hatten so gelebt
und in der Sphäre ihres Berufs zur Zufriedenheit
ihrer Mitbürger und ihrer Souveraine ihre Pflicht
gethan.

Somit hatte Mark Robarts beschlossen, Pech an=
zugreifen und womöglich sich nicht zu besudeln.

Mit welchem Erfolg er dies gethan, ist Denen,

welche unsere Geschichte bis hierher gelesen, ausrei=
chend bekannt.

Spät am nächstfolgenden Nachmittag kam am
Pfarrhause ein Wagen vorgefahren, aus welchem zu
dem großen Erstaunen des Vicars Mr. Forrest, der
Bankdirector von Barchester, stieg — Mr. Forrest,
welchen Sowerby stets als den Deus ex machina be=
zeichnet, welcher, wenn er gebührend angerufen würde,
sie Alle aus ihren gegenwärtigen Bedrängnissen erlösen
und die ganze Bande der Tozer für immer bannen
könnte, dafern Mark Robarts sich nur seinen Händen
anvertraute und die Documente unterschriebe, welche
der Bankier ihm vorlegen würde.

„Es ist eine sehr unangenehme Geschichte,“ sagte
Mr. Forrest, sobald er sich in dem Studirzimmer des
Vicars mit diesem allein sah.

Mark Robarts gab durch eine stumme Geberde
zu verstehen, daß es in der That eine sehr unange=
nehme Geschichte sei.

„Mr. Sowerby hat Sie den größten Schurken,
welche es in diesem Fache jetzt in London giebt, in
die Hände zu spielen gewußt.“

„Ja, das glaube ich. Curling sagte mir Daffelbe.“

Curling war der Advocat in Barchester, dessen
Hülfe Mark Robarts kürzlich in Anspruch genommen.

„Curling hat diesen Kerlen gedroht, ihr ganzes

Thun und Treiben zu entlarven, Einer davon aber, welcher in Barchester war — er nannte sich Tozer — antwortete, daß Sie durch eine solche Blosstellung weit mehr zu verlieren hätten, als er. Er ging noch weiter und erklärte, keine Jury in England könne ihm sein Geld verweigern. Er schwur, er habe beide Papiere auf regelmäßige geschäftliche Weise discontirt, und obschon dies natürlich erlogen ist, so fürchte ich doch, daß es unmöglich sein wird, es zu beweisen. Er weiß recht wohl, daß Sie Geistlicher sind, und daß Sie deßhalb mehr Rücksichten zu nehmen haben, als ein Anderer."

„Die Schmach wird Sowerby treffen," sagte Mark Robarts, der in diesem Augenblick schwerlich von einem hohen Grade christlicher Versöhnlichkeit beseelt war.

„Ich fürchte, Mr. Robarts," entgegnete der Bankdirector, „daß Mr. Sowerby sich so ziemlich in derselben Lage befindet, wie die Tozers. Er wird es nicht so fühlen, wie Sie."

„Nun, ich muß es tragen, so gut ich kann, Mr. Forrest."

„Erlauben Sie mir, Ihnen einen guten Rath zu geben. Es ist vielleicht von mir etwas zudringlich, daß ich mich in diese Angelegenheit mische; da die Wechsel aber bei der unter meiner Direction stehenden

Bank präsentirt und protestirt worden sind, so habe ich nothwendig Kenntniß von allen diesen Umständen erlangt."

„Ich bin Ihnen sehr verbunden," sagte Mark.

• „Bezahlen müssen Sie dieses Geld, wenigstens den größten Theil davon, oder vielmehr das Ganze nach Abzug dessen, was ein Advocat vielleicht im Stande ist, diesen gierigen Raben dadurch abzuzwacken, daß er ihnen das baare Geld zeigt. Mit siebenhundertfünfzig oder achthundert Pfund kommen Sie vielleicht los."

„Ich habe aber nicht den vierten Theil dieser Summe in Kasse."

„Das glaube ich Ihnen, und deßhalb möchte ich Ihnen empfehlen, dieses Geld von der Bank auf Ihre eigene Verantwortlichkeit zu entlehnen, und zwar unter der gemeinschaftlichen Bürgschaft eines Freundes, welcher vielleicht bereit ist, Ihnen mit seinem Namen beizustehen. Wahrscheinlich thäte Lord Lufton Ihnen diesen Gefallen."

„Nein, Mr. Forrest."

„Lassen Sie mich erst ausreden, ehe Sie einen Entschluß fassen. Wenn Sie diesen Schritt thäten, so würden Sie dies natürlich in der bestimmten Absicht thun, das Geld selbst zu bezahlen, ohne sich weiter auf Sowerby oder sonst Jemanden zu verlassen."

2 *

„Auf Mr. Sowerby werde ich mich nie wieder verlassen, davon können Sie überzeugt sein."

„Ich meine, Sie müssen sich daran gewöhnen, die Schuld als die Ihrige anzuerkennen. Wenn Sie dies thun, so können Sie dieselbe mit Zinsen binnen zwei Jahren ganz gewiß bezahlen. Wenn Lord Lufton sich mit seinem Namen für Sie verbürgen will, so will ich die Wechsel so einrichten, daß die Zahlungen sich gleichmäßig über diesen Zeitraum vertheilen. Auf diese Weise erfährt die Welt Nichts davon, und in zwei Jahren sind Sie wieder ein freier Mann. Es giebt Viele, Mr. Robarts, die ihre Erfahrung noch weit theurer erkauft haben, das kann ich Ihnen versichern."

„Mr. Forrest, davon kann nicht die Rede sein."

„Sie meinen, Lord Lufton werde nicht seinen Namen hergeben?"

„Ich werde es ihm gar nicht zumuthen, aber dies ist noch nicht Alles. Erstens wird mein Einkommen nicht so groß sein, als Sie glauben, denn auf die Pfründe in Barchester werde ich wahrscheinlich verzichten."

„Sie wollen auf die Pfründe verzichten! auf ein jährliches Einkommen von sechshundert Pfund!"

„Und außerdem glaube ich, sagen zu können, daß Nichts mich verlocken soll, meinen Namen wieder unter einen Wechsel zu schreiben. Ich habe in dieser Beziehung eine Lehre erhalten, die ich hoffentlich niemals wieder vergessen werde."

„Aber was gedenken Sie dann zu thun?"

„Nichts."

„Aber dann werden diese Leute kommen und Ihnen Ihr ganzes Hausgeräth wegnehmen! Man weiß, daß Ihr Besitzthum hier hinreichend ist, um alle diese Ansprüche zu decken."

„Wenn diese Leute die Macht dazu haben, so mögen sie es thun."

„Und alle Welt wird es erfahren."

„So muß es sein. Der Mensch muß für die Fehler, die er begeht, auch die Strafe tragen. Wenn dieselbe doch blos mich träfe!"

„Darauf wollte ich eben kommen, Mr. Robarts. Bedenken Sie, was Ihre Gattin zu leiden haben wird, wenn sie eine solche Katastrophe durchmachen muß. Sie thun ganz gewiß am Besten, wenn Sie meinen Rath annehmen. Lord Lufton wird, wie ich überzeugt bin —"

Aber gerade der Name Lord Lufton's, des Geliebten seiner Schwester, gab dem Vicar wieder Muth. Er dachte auch an die Beschuldigungen, welche Lord Lufton an jenem Abend in dem Gastzimmer des Hotels gegen ihn ausgesprochen, und er fühlte, daß es

unmöglich sein würde, ihn um diesen Beistand anzu=
gehen.

Weit besser wäre es gewesen, Lady Lufton von
Allem zu unterrichten. Daß sie ihm aus seiner Be=
drängniß helfen würde, möchte es ihr selbst kosten, was
es wolle, davon war er fest überzeugt. Wollte er
aber sie um Beistand angehen, so war er genöthigt,
sich fast buchstäblich in den Staub zu beugen.

„Ich danke Ihnen, Mr. Forrest," sagte der Vicar.
„Mein Entschluß ist aber bereits gefaßt. Glauben
Sie nicht, daß ich Ihnen für Ihre uneigennützige
Güte weniger dankbar bin, denn ich weiß, daß sie
uneigennützig ist, aber ich erkläre mit Bestimmtheit,
daß ich, selbst um eine solche furchtbare Calamität ab=
zuwenden, nie wieder meinen Namen unter einen
Wechsel schreiben werde, selbst dann nicht, wenn Sie
mein alleiniges Versprechen ohne Hinzufügung eines
zweiten Namens als genügend betrachten wollten."

Unter diesen Umständen blieb Mr. Forrest na=
türlich weiter Nichts übrig, als einfach nach Barchester
zurückzukehren. Er hatte seiner Einsicht gemäß für
den jungen Geistlichen gethan, was das Beste war,
und, vom geschäftlichen Standpunkt aus betrachtet,
war sein Rath vielleicht gar nicht schlecht gewesen.
Mark fürchtete aber schon den Namen eines Wechsels.
Er war ein Kind, welches sich fürchterlich verbrannt,

und Nichts konnte ihn nun bewegen, sich dem Feuer wieder zu nähern.

„War das nicht der Mann von der Bank?" sagte Fanny, indem sie in das Zimmer trat, als das Gerassel der Wagenräder in der Ferne verhallte.

„Ja, es war Mr. Forrest."

„Nun, Theuerster?"

„Wir müssen uns auf das Schlimmste gefaßt machen."

„Aber Du unterzeichnest keine Papiere mehr, nicht wahr nicht, Mark?"

„Nein; ich habe mich so eben entschieden geweigert, es zu thun."

„Dann kann ich Alles tragen. Aber, theuerster Mark, willst Du mir nicht erlauben, es Lady Lufton zu sagen?"

Mochten die beiden Ehegatten die Sache betrachten, von welcher Seite sie wollten, so war die über sie verhängte und ihnen bevorstehende Züchtigung jedenfalls eine sehr schwere.

# Zweites Kapitel.

### Ist sie nicht unbedeutend?

Und nun verging in Framley ein Monat, ohne unsern Freunden dort neuen Trost zu bringen, aber auch ohne absolute Abwickelung des Ruins, welchen man in dem Pfarrhaus täglich erwartete.

Der Vicar hatte von verschiedenen für das Interesse der Tozer thätigen Personen Briefe erhalten, welche er alle Mr. Curling, seinem Advocaten in Barchester, zur Beantwortung übergab.

Einige dieser Briefe enthielten Bitten um Geld, indem sie erzählten, wie eine unschuldige verwittwete Dame verlockt worden, sich mit ihrer ganzen Habe im Vertrauen auf Mr. Robarts' Namen sich zu verbürgen, und die nun mit ihren drei Kindern in einer Dachstube

schmachte, weil Mr. Robarts sich weigere, sein gegebe=
nes Wort zu lösen.

Die Mehrzahl dieser Briefe aber war mit Dro=
hungen angefüllt. Nur noch zwei Tage wollte man
warten, dann aber sollten die Gerichtsbeamten beauf=
tragt werden, ihre Pflicht zu thun. Dann setzte man
noch einen Tag hinzu, nach Ablauf dessen die hun=
gerige Meute unfehlbar losgelassen werden sollte.

Diese Briefe wurden sofort nach ihrem Eintreffen
Mr. Curling zugeschickt, der keine weitere Notiz davon
nahm, sondern unausgesetzt bemüht war, dem schlim=
men Tage vorzubeugen.

Den zweiten Wechsel wollte Mr. Robarts hono=
riren — so war Mr. Curling's Vorschlag — und in
zwei Terminen, zu jedem mit zweihundertfünfzig Pfund,
den ersten in zwei, den zweiten in vier Monaten, be=
zahlen.

Wenn dies den Tozers annehmbar erschiene, so
wäre es gut; gingen sie nicht darauf ein, nun, dann
müßten die Gerichtsbeamten ihr Schlimmstes thun,
und die Tozers dann zusehen, was sie bekommen
könnten.

Die Tozers erklärten sich mit diesen Bedingungen
nicht einverstanden, und somit ging die Sache ihren
Gang.

Während dieser Zeit schwanden die Rosen von

Fanny's Wangen mit jedem Tage mehr hinweg, was unter diesen Umständen nicht Wunder nehmen konnte.

Mittlerweile war Lucy immer noch in Hogglestock und hier unumschränkte Herrscherin des Hauses geworden.

Die arme Mistreß Crawley hatte am Rande des Grabes geschwebt; einige Tage lang lag sie im Delirium und war dann so schwach und kraftlos, daß sie fast ohne Besinnung war.

Nun aber war ihr Schlimmstes vorüber, und Mr. Crawley hatte vom Arzt erfahren, daß, so weit menschliche Voraussicht reichte, seine Kinder diesmal noch nicht Waisen werden würden, eben so wenig als er Wittwer.

Während dieser Zeit war Lucy nicht ein einziges Mal nach Hause gekommen und hatte auch Niemand von Framley gesehen. Warum sollte sie sich der Gefahr aussetzen, wegen einer Bagatelle die Ansteckung in's Haus ihres Bruders zu tragen? fragte sie in ihren Briefen, welche, ehe man sie in dem Pfarrhause öffnete, gebührend geräuchert wurden.

Und so blieb sie in Hogglestock, und die Kinder, welche jetzt zu allen Ehren der Kinderstube Zutritt erhalten, blieben in Framley, obschon man von Tag zu Tag erwartete, daß die Betten, auf welchen sie lagen, weggenommen werden würden, um Mr. Sowerby's Schulden bezahlen zu helfen.

Lucy ward, wie ich gesagt habe, Herrin des Hauses in Hogglestock und maßte sich über Mr. Crawley ein vollständiges Uebergewicht an. Compots, Brühen, Früchte, selbst Butter kamen von Framley Court und wurden ungenirt ihm vor der Nase auf den Tisch gesetzt, ohne daß er sich eine Bemerkung dagegen erlaubte.

Ich kann allerdings nicht sagen, daß er selbst und mit Bedacht von diesen Speisen genossen habe, aber dennoch trank er seinen Thee, wenn ihm derselbe gereicht ward, obschon sich Sahne von Framley darin befand, und der Thee selbst eine weit bessere Sorte war, als welche er selbst im Hause führte.

Er hatte sich mit einem Worte ganz in die Herrschaft dieser fremden Person gefügt, und äußerte weiter Nichts als: „Na, das muß ich sagen!" und hob die Hände empor, wenn er zufällig sah, wie Lucy die Knöpfe an seine Hemden nähte und vielleicht ihre Nadel auch an andern Stellen nicht ohne Nutzen handhabte.

Seinem Dank lieh er zu dieser Zeit nur selten Worte. Allerdings hatten sie in den langen Winterabenden dann und wann ausführliche Unterredungen mit einander, aber selbst in diesen sprach er sich nicht über ihre gegenwärtige Stellung zu einander aus. Er sprach vielmehr hauptsächlich über Religion, indem er seine Ansichten über das Leben eines Christen, und besonders eines Geistlichen, wie er sein soll, entwickelte.

„Obschon Sie es nicht glauben werden, Miß Robarts," sagte er, „so darf ich Ihnen doch nicht verschweigen, daß Niemand so oft vom rechten Pfade abgewichen ist, als ich selbst. Ich habe dem Teufel und allen seinen Werken entsagt, aber nur mit dem Munde — nur mit dem Munde. Wie kann ein Mensch den alten Adam, der in ihm lebt, kreuzigen, wenn er sich nicht in den Staub niederwirft und anerkennt, daß all' seine Kraft schwächer ist, als das Wasser?"

Lucy hörte dies, so oft es auch wiederholt ward, geduldig mit an und tröstete ihn, so gut sie es vermochte, dann aber, wenn dies vorüber war, nahm sie das Commando wieder auf und zwang ihn, ihren häuslichen Befehlen unbedingt zu gehorchen.

Gegen Ende des Monats kam Lord Lufton wieder in Framley Court an. Seine Ankunft war eine ganz unerwartete, obschon er, als seine Mutter ihre Ueberraschung zu erkennen gab, ihr nachwies, daß er genau zu der vor seiner Abreise bestimmten Zeit zurückgekehrt sei.

„Ich brauche Dir nicht zu sagen, Ludovic, wie sehr ich mich freue, Dich wieder hier zu haben," sagte

sie, indem sie ihm in's Gesicht blickte und seinen Arm
drückte, „um so mehr, als ich es kaum erwartet hatte."

Am ersten Abend sagte Lord Lufton über Lucy
Nichts zu seiner Mutter, obschon Einiges in Bezug
auf die Familie Robarts gesprochen ward.

„Ich fürchte, der Vicar hat sich in schlimme Ge=
schichten verwickelt," sagte Lady Lufton mit sehr ernster
Miene. „Es sind allerhand bedenkliche Gerüchte in
Umlauf. Ich habe bis jetzt noch zu Niemanden Etwas
gesagt, nicht ein Mal zu Fanny, aber ich sehe ihr am
Gesichte an und höre an dem Ton ihrer Stimme, daß
sie einen schweren Kummer im Herzen trägt."

„Ich weiß die ganze Geschichte," sagte Lord
Lufton.

„Du weißt die ganze Geschichte, Ludovic?"

„Ja, mein sauberer Freund, Mr. Sowerby von
Chaldicotes ist schuld. Der Vicar hat Wechsel auf
Sowerby acceptirt; er hat es mir selbst gesagt."

„Aber was hatte er auch in Chaldicotes zu suchen?
Was hatte er mit solchen Freunden zu thun? Ich weiß
nicht, wie ich ihm vergeben soll."

„Ich war es, der ihn mit Sowerby bekannt
machte. Das darfst Du nicht vergessen, Mutter."

„Ich sehe auch nicht ein, in wie fern dies eine Ent=
schuldigung sein könnte. Müssen denn alle unsere Be=
kannten nothwendig auch Freunde von ihm sein? Du

in Deiner Stellung kommſt natürlich mit ſehr vielen
Perſonen in Berührung, welche durchaus nicht als
paſſende Geſellſchaft eines Landgeiſtlichen betrachtet
werden können. Das hat er vergeſſen, und er muß
daran erinnert werden. Was hatte er nöthig, nach
Gatherum Caſtle zu gehen?"

„Durch ſeinen Beſuch dort hat er die Pfründe in
Barcheſter bekommen."

„Es wäre viel beſſer für ihn, wenn er die Pfründe
nicht bekommen hätte, und Fanny iſt verſtändig genug,
dies einzuſehen. Was ſoll er mit zwei Häuſern machen?
Pfründe ſind eigentlich für weit ältere Leute, als er,
da — für Männer, welche ſie verdient haben, und
welche am Ende ihres Lebens einiger Ruhe bedürfen.
Ich wünſche von ganzem Herzen, daß er die Pfründe
nicht bekommen hätte."

„Sechshundert Pfund jährlich ſind aber auch nicht
übel," ſagte Lord Lufton, indem er aufſtand und lang=
ſam das Zimmer verließ.

„Wenn Mark ſich wirklich feſtgefahren hat," ſagte
er ſpäter am Abend, „ſo müſſen wir ihm wieder auf
die Beine helfen."

„Seine Schuld bezahlen, meinſt Du?"

„Ja, er hat weiter keine Schulden, als dieſe Ac=
cepte Sowerby's."

„Wie viel beträgt die Summe denn, Ludovic?"

„Ungefähr tausend Pfund. Ich werde das Geld
schaffen, nur werde ich dann nicht im Stande sein,
Dich, Mutter, so bald zu bezahlen, als ich beabsichtigt
hatte."

Lady Lufton stand rasch auf, schlang ihre Armen
um den Hals ihres Sohnes und erklärte, sie werde
ihm niemals verzeihen, wenn er von diesem ihm ge=
machten kleinen Geschenk je wieder ein Wort erwähnte.

Ich glaube, es giebt für eine Mutter kein größe=
res Vergnügen, als ihrem einzigen Sohne ihr Geld
zu schenken.

Beim Frühstück am nächsten Morgen ward Lucy's
Name zum ersten Male erwähnt. Lord Lufton hatte
sich vorgenommen, die Verhandlungen über dieses
Thema mit seiner Mutter früh am Morgen zu eröff=
nen, ehe er in's Pfarrhaus ginge, zufällig aber mußte
Lucy schon eher und ohne Beziehung zu Lord Lufton's
Verhältniß zu ihr erwähnt werden.

Es war von Mr. Crawley's Krankheit die Rede
gewesen, und Lady Lufton hatte erzählt, wie es gekom=
men war, daß sämmtliche Kinder Crawley's sich im
Pfarrhause zu Framley befanden.

„Ich muß sagen, daß Fanny sich ganz ausgezeich=
net benommen hat," sagte Lady Lufton. „Etwas An=
deres stand aber auch nicht von ihr zu erwarten. Auch
**Miß Lucy Robarts** hat sich sehr gut benommen," setzte

sie in etwas verlegenem Tone hinzu. „Sie ist während dieser ganzen Zeit in Hogglestock geblieben und hat Mistreß Crawley gepflegt.“

„Sie ist in Hogglestock geblieben — während Mistreß Crawley das Nervenfieber hatte?“ rief Lord Lufton.

„Ja, allerdings,“ sagte seine Mutter.

„Und ist sie auch jetzt noch dort?“

„Ja wohl. Ich habe auch Nichts davon gehört, daß sie in der nächsten Zeit zurückkehren würde.“

„Dann sage ich, es ist eine Schande — eine Schande und ein Skandal!“

„Aber Ludovic, sie hat es ja freiwillig gethan.“

„O, ich verstehe schon. Aber warum sollte sie geopfert werden? Gab es keine Krankenwärterinnen, die man miethen und bezahlen konnte. Mußte durchaus Lucy einen Monat an dem Bett einer Kranken mit einem ansteckenden Fieber zubringen? Das ist höchst unrecht.“

„Ob es recht oder unrecht war, darüber will ich jetzt weiter nicht streiten, aber gewiß weiß ich, daß hier ein gutes christliches Werk geübt worden ist. Mistreß Crawley hat wahrscheinlich Miß Robarts ihr Leben zu danken.“

„Ist Lucy auch krank gewesen? Ist sie vielleicht noch krank? Ich verlange durchaus zu wissen, ob sie krank ist. Gleich nach dem Frühſtück werde ich ſelbſt nach Hoggleſtock hinüberreiten.“

Hierauf gab Lady Lufton keine Antwort. Wenn ihr Sohn nach Hoggleſtock reiten wollte, ſo konnte ſie ihn nicht hindern. Sie meinte jedoch, daß es viel beſſer ſei, wenn er wegbliebe. Er war der Gefahr der Anſteckung eben ſo ausgeſetzt, wie Lucy, und überdies war Miſtreß Crawley's Krankenſtube ganz gewiß ein unpaſſender Platz für eine Unterredung zwiſchen zwei Liebenden.

Lady Lufton fühlte in dem gegenwärtigen Augen= blick, daß ſie in Bezug auf Lucy von den Umſtänden ſehr grauſam behandelt ward. Natürlich hätte ſie ihrer Rolle gemäß, dafern es ohne Ungerechtigkeit ge= ſchehen konnte, die hohe Idee, welche ihr Sohn von der Schönheit und dem Werth der jungen Dame hatte, herabſtimmen ſollen, unglücklicherweiſe aber hatte ſie ſich genöthigt geſehen, ſie zu loben, und ihren Namen mit allen möglichen Lobſprüchen zu überhäufen.

Lady Lufton war eine Freundin der Wahrheit, und ſelbſt nicht um in einer ſo wichtigen Angelegenheit ihre Abſichten zu erreichen, hätte ſie ſich eines ſolchen Betrugs ſchuldig gemacht, wie ſie hier ſchon durch ein= faches Schweigen hätte verüben können. Nichtsdeſto= weniger aber konnte ſie ſich kaum mit der Nothwendig= keit ausſöhnen, Lucy's Lob ſingen zu müſſen.

Nach dem Frühstück erhob sich Lady Lufton von ihrem Stuhl, ging aber im Zimmer hin und her und schien es noch nicht so bald verlassen zu wollen.

In Uebereinstimmung mit ihrer sonstigen Gewohnheit würde sie ihren Sohn gefragt haben, was er nun im Begriff stände, zu thun, aber jetzt wagte sie nicht, diese Frage zu thun. Hatte er nicht vor wenigen Minuten erst erklärt, wohin er wolle?

„Zum Imbiß sehe ich Dich wohl wieder?" sagte sie endlich.

„Zum Imbiß? In der That, das weiß ich selbst nicht. Mutter," setzte er dann, sich mit dem Rücken an den Kaminsims lehnend, hinzu, „was soll ich zu Miß Robarts sagen, wenn ich sie sehe?"

„Was Du zu ihr sagen sollst, Ludovic?"

„Ja, was ich zu ihr sagen soll — als von Dir kommend. Soll ich ihr sagen, daß Du sie als Deine Schwiegertochter aufnehmen willst?"

„Ludovic, über alles Dies habe ich mich gegen Miß Robarts selbst ausgesprochen."

„Und in welchem Sinne?"

„Ich hab' ihr gesagt, daß nach meiner Ansicht eine solche Heirath weder Dich noch sie glücklich machen würde."

„Und warum hast Du ihr das gesagt? Warum hast Du in einer solchen Sache an meiner Statt ein

Urtheil ausgesprochen, als ob ich ein Kind wäre? Mutter, Du mußt widerrufen, was Du gesagt hast."

Lord Lufton schaute, indem er dies sagte, seiner Mutter unverwandt in's Gesicht und that dies nicht, als ob er sie um eine Gunst bäte, sondern als ob er ihr einen Befehl ertheilte.

Sie stand nicht weit von ihm, stützte sich mit der einen Hand auf den Frühstückstisch und blickte ihn fast verstohlen an, denn sie wagte nicht, dem vollen Blick seines Auges zu begegnen.

Es gab nur Eins auf Erden, was Lady Lufton fürchtete, und dies war das Mißfallen ihres Sohnes. Die Sonne ihres irdischen Himmels schien ihr nur durch das Medium seines Daseins. Wenn sie sich genöthigt sah, sich mit ihm zu entzweien, wie mehrere Damen ihrer Bekanntschaft mit ihren Söhnen, so war es mit der Welt aus für sie.

Dennoch aber konnte die Macht der Thatsachen so gewaltig sein, daß sie sich in die absolute Nothwendigkeit versetzt sah, dies zu thun.

Wie manche Leute sich vornehmen, unter gewissen Umständen einen Selbstmord zu begehen, so mußte sie sich auch darein fügen, sich sogar von ihm trennen zu müssen. Selbst um seinetwillen wollte sie nicht unrecht handeln, wenn sie die Ueberzeugung hätte, daß Das, was er verlange, unrecht wäre. Wenn ihr Le=

bensglück ein Mal in Trümmer gehen sollte, so mußte
sie es geschehen lassen und Gottes Zeit erwarten, wo
er sie aus dieser unheilvollen Welt erlös'te. Das Licht
der Sonne war ihr sehr theuer, aber selbst dieses
konnte zu einem zu hohen Preis erkauft werden.

„Ich habe Dir schon gesagt, Mutter, daß meine
Wahl getroffen sei, und ich bat Dich damals, mir
Deine Einwilligung zu geben," hob Lord Lufton wie=
der an. „Du hast nun Zeit gehabt, Dir die Sache zu
überlegen, und deßhalb frage ich Dich nochmals. Ich
habe Grund zu glauben, daß sich meiner Vermählung,
wenn Du Lucy offen die Hand bietest, kein sonstiges
Hinderniß entgegenstellen wird."

Die Sache lag sonach einzig und allein in Lady
Lufton's Händen; so sehr sie aber die Macht liebte, so
wünschte sie doch sehr, daß dem nicht so sein möchte.
Hätte ihr Sohn geheirathet, ohne sie zu fragen, und
dann Lucy als sein Weib in's Haus gebracht, so würde
sie ihm ohne Zweifel verziehen haben, und so sehr sie
auch die Heirath an und für sich gemißbilligt, so hätte
sie doch zuletzt die Braut umarmt.

So aber war sie gezwungen, ihr Urtheil zu Rathe
zu ziehen. Wenn ihr Sohn eine unkluge Heirath
schloß, so war sie daran schuld, und wie sollte sie ihm
ihre ausdrückliche Zustimmung zu Etwas geben, was
nach ihrer Ueberzeugung unrecht war?

„Weißt Du irgend Etwas zu ihrem Nachtheile — irgend einen Grund, aus welchem ich sie nicht zu meinem Weibe machen sollte?" fuhr er fort.

„Wenn Du ihr moralisches Verhalten meinst, so läßt sich dagegen durchaus Nichts einwenden," sagte Lady Lufton. „Dies ließe sich aber zu Gunsten noch sehr vieler junger Damen sagen, die ich gleichwohl als sehr ungeeignet für eine solche Partie betrachten müßte."

„Ja, ganz richtig. Manche sind vielleicht gemein, Manche haben eine unliebenswürdige Gemüthsart, Manche sind vielleicht häßlich, und noch Andere haben eine Menge unangenehme Connexionen. Ich begreife sehr wohl, daß Du unter diesen Umständen Mancherlei gegen eine derartige Schwiegertochter einzuwenden haben würdest, in Bezug auf Miß Robarts aber kann alles Dies nicht geltend gemacht werden. Selbst Du, liebe Mutter, wirst nicht leugnen können, daß sie in jeder Beziehung Alles ist, was eine Dame sein soll."

„Aber ihr Vater war ja weiter Nichts, als Doctor der Medicin, sie ist die Schwester unseres Geistlichen, sie mißt höchstens fünf Fuß zwei Zoll, und sie hat einen ungemein braunen Teint," würde Lady Lufton entgegnet haben, wenn sie mit dem Register ihrer Einwendungen herauszurücken gewagt hätte, aber sie wagte es nicht.

„Ich kann nicht sagen, daß sie mit Allem ausge=

stattet wäre, was Du bei einer Frau suchen mußt," antwortete sie.

„Meinst Du, daß sie kein Geld hat?"

„Nein, das meine ich nicht; es sollte mir sehr leid thun, wenn ich sähe, daß Du das Geld zur Hauptsache, oder auch nur zu einem wesentlichen Punkte machtest. Wenn Deine künftige Frau Geld hätte, so würde Dir dies ohne Zweifel ganz gelegen kommen, aber ich bitte Dich, mich nicht mißzuverstehen, Ludovic. Ich würde Dir keinen Augenblick lang rathen, Dein Glück von einer solchen Nothwendigkeit abhängig zu machen. Nicht weil sie kein Geld hat —"

„Aber warum denn sonst? Beim Frühstück priesest Du ihr Lob und rühmtest ihr vortreffliches Benehmen."

„Wenn ich gezwungen wäre, Das, was ich gegen sie einzuwenden habe, in ein einziges Wort zusammenzufassen, so würde ich sagen —" und Lady Lufton stockte, denn sie gewahrte das Zürnen, welches sich schon auf der Stirn ihres Sohnes zusammenzog.

„Nun, was würdest Du dann sagen?" fragte Lord Lufton in fast rauhem Tone.

„Sei nicht unfreundlich mit mir, Ludovic! Alles, was ich über diesen Punkt denke und sage, geht nur von einem Grund aus — dem Wunsche, Dich glücklich zu sehen. Welchen andern Grund könnte ich auch für sonst Etwas in dieser Welt haben?"

Und indem sie dies sagte, näherte sie sich ihm und küßte ihn.

„Aber sag' mir, Mutter, was für ein Einwand ist dies? Wie lautet das schreckliche Wort, welches die Summa aller Gebrechen der armen Lucy in sich faßt und beweis't, daß sie nicht zu meinem Weibe taugt?"

„Das hab' ich nicht gesagt, Ludovic! Du weißt, daß ich dies nicht gesagt habe."

„Aber ich bitte Dich, Mutter, wie lautet das Wort?"

Und nun endlich sprach Lady Lufton es aus.

„Lucy ist — unbedeutend," sagte sie. „Ich glaube, sie ist ein sehr gutes Mädchen, ganz gewiß aber eignet sie sich nicht, die hohe Stellung auszufüllen, auf welche Du sie erheben würdest."

„Unbedeutend!"

„Ja, Ludovic, das ist meine Meinung."

„Dann kennst Du Lucy nicht, Mutter. Du mußt mir erlauben, zu sagen, daß Du von einem Mädchen sprichst, welches Du nicht kennst. Von allen zum Tadel gereichenden Prädikaten, welche die Sprache Dir an die Hand giebt, ist das von Dir gebrauchte ganz gewiß das letzte, welches Lucy verdient."

„Ich habe keinen Tadel beabsichtigt."

„Aber Du nennst sie ja unbedeutend!"

„Vielleicht verstehst Du mich nicht recht, Ludovic."

„O, was ‚unbedeutend‘ heißt, weiß ich recht wohl, Mutter.“

„Ich glaube blos, sie würde die Stellung, welche Deine Gattin in der Welt einnehmen muß, nicht würdig ausfüllen.“

„Ich verstehe, was Du damit sagen willst.“

„Sie würde Dir an der Spitze Deiner Tafel keine Ehre machen.“

„Ah, ich verstehe. Du wünschest, daß ich eine Amazone heirathe, eine modische, elegante Riesin, welche die kleinen Leute einschüchtert.“

„O, Ludovic, Du spottest!“

„Nie in meinem Leben bin ich zum Spott weniger aufgelegt gewesen, als gerade jetzt, das kann ich Dir versichern, Mutter. Ich bin jetzt fester überzeugt, denn je, daß Deine Abneigung gegen Lucy ihren Grund blos darin hat, daß Du sie nicht kennst. Du wirst, glaube ich, wenn Du sie kennen lernst, finden, daß sie so gut als irgend eine Dame Deiner Bekanntschaft im Stande ist, ihre Stellung zu behaupten und auch die ihres Gatten zu wahren. Ich versichere Dir, daß ich in dieser Beziehung Nichts von ihr zu fürchten haben werde.“

„Ich glaube aber, lieber Sohn, daß Du vielleicht —“

„Ich glaube, liebe Mutter, daß ich in einer solchen Angelegenheit, wie diese, meine Wahl selbst treffen muß. Ich habe gewählt, und ich bitte Dich nun, als meine Mutter, zu ihr zu gehen und sie willkommen zu heißen. Liebe Mutter, ich sage Dir frei heraus, daß ich nicht glücklich sein könnte, wenn ich glauben könnte, Du liebtest mein Weib nicht."

Diese letzten Worte sagte er in einem liebreichen Tone, welcher seiner Mutter zu Herzen ging, und dann verließ er das Zimmer.

Die arme Lady Lufton wartete, als sie allein war, bis sie die Tritte ihres Sohnes sich durch die Hausflur entfernen hörte, und dann begab sie sich hin-auf in ihr Zimmer zu ihrem gewöhnlichen Tagewerk.

Sie setzte sich nieder, wie um sich damit zu be-schäftigen, aber das Herz war ihr zu voll, so daß sie nicht im Stande war, ihre Feder zu ergreifen.

Zu einer Zeit, welche für sie noch nicht lange vergangen war, hatte sie oft zu sich gesagt, daß sie eine Braut für ihren Sohn wählen, und dann die Er-wählte von ganzem Herzen lieben wollte. Sie wollte zu Gunsten dieser neuen Königin sich selbst entthronen und mit Freuden in den Hintergrund treten, damit das Weib ihres Sohnes mit desto größerem Glanze strahle.

Die schönsten Träume ihres Lebens hatten alle Bezug auf die Zeit gehabt, wo ihr Sohn eine von ihr

selbst gewählte Lady Lufton heimführen würde, in wel=
cher sie ihr neues Idol verehrte.

Aber konnte sie sich um einer Lucy Robarts
willen entthronen? Konnte sie ihren Staatssessel auf=
geben, um das kleine Mädchen aus dem Pfarrhause
darauf zu setzen? Konnte sie das kleine Ding, welches
noch vor wenigen Monaten so unbeholfen in einer
Ecke des Gesellschaftszimmers gesessen und sich kaum
getraut, ein Wort zu sprechen, an ihr Herz schließen
und mit liebendem Vertrauen, mit dem Vertrauen einer
fast vergötternden Mutter, behandeln?

Und doch schien es, als müsse es so weit kommen,
wenn ihre Träume nicht gänzlich in Nichts zerrinnen
sollten.

Sie setzte sich und versuchte zu überlegen, ob es
möglich sei, daß Lucy den Thron ausfülle, denn sie
hatte angefangen, anzuerkennen, daß der Wille ihres
Sohnes für sie zu stark sei; aber ihre Gedanken wende=
ten sich immer wieder Griselda Grantly zu.

Bei ihrem ersten und eben erst gereiften Versuch,
ihre Träume zu verwirklichen, hatte sie Griselda zu
ihrer Königin gewählt. Dieser Versuch war mißlun=
gen, denn die Schicksalsgöttinnen hatten Miß Grantly
zu einem andern Throne bestimmt — einem andern
und höhern, so weit die Welt in Frage kommt. Sie
wollte Griselda zur Gattin eines Barons machen, das

Schickſal aber ſtand im Begriff, dieſe junge Dame zum Weibe eines Marquis zu machen.

Lag hierin Grund zu Trauer und Schmerz? Bedauerte ſie wirklich, daß Miß Grantly mit allen ihren Tugenden dem Hauſe Hartletop überantwortet wurde? Lady Luſton war eine Frau, welche ſich über eine getäuſchte Erwartung nicht ſo leicht hinwegſetzen konnte, nichtsdeſtoweniger aber fühlte ſie ſich faſt wie von einer Laſt befreit, wenn ſie an das Ende des Luſton = Grantly = Heirathstractats dachte.

Wenn nun ihr Wunſch in Erfüllung gegangen, der Preis aber dennoch ein anderer geweſen wäre, als ſie erwartet?

Zuweilen war ſie auch wirklich geneigt, zu denken, daß dieſer Preis nicht genau Alles ſei, was ſie ein Mal gehofft. Griſelda beſaß allerdings alle äußer= lichen Eigenſchaften, welche nach Lady Luſton's Anſicht eine Königin haben mußte, aber wie regierte wohl eine Königin, welche ſich blos auf ihre äußere Erſcheinung verließ?

In dieſer Beziehung war es vielleicht gut, daß das Schickſal ſich in's Mittel geſchlagen hatte. Gri= ſelda, das mußte Lady Luſton ſich geſtehen, paßte für Lord Dumbello wirklich beſſer, als für ihren Sohn.

Aber dennoch — eine Königin wie Lucy! War
es wohl möglich, daß die Vasallen des Reichs vor
einer so winzigen Monarchin mit gebührender Ehr=
furcht die Kniee beugten? Und dann gesellte sich hierzu
die Erwägung, welche in noch höhern Regionen die
Vermählung von Fürsten selbst mit den edelsten Frauen
ihres Volkes verwehrt. Ist es nicht eine anerkannte
Regel, daß königliches Blut niemals im Stande ist,
Unterthanen von nicht königlicher Geburt zu königlichen
Ehren zu erheben?

Lucy war eine Unterthanin des Hauses Lufton,
denn sie war eine Schwester des Pfarrers und Ein=
wohnerin des Pfarrhauses. Selbst angenommen, daß
Lucy zur Königin taugte, daß sie, nachdem ihr die
Krone auf die Stirn gesetzt worden, wirklich einige
Fähigkeit zum Regieren besaß — wie war es dann
mit ihrem Bruder, dem Geistlichen, der dem Throne
so nahe stand? Kam es vielleicht dahin, daß es in
Framley gar keine Königin mehr gab?

Und dennoch wußte sie, daß sie nachgeben müsse.
Sie sagte dies nicht zu sich selbst. Sie gab noch nicht
zu, daß sie Lucy die Hand bieten und ihre Tochter nen=
nen müsse. Sie sagte dies nicht zu ihrem eigenen
Herzen — wenigstens jetzt noch nicht. Aber sie begann

an Lucy's hohe Eigenschaften zu denken und zuzugeben, daß dieses Mädchen, wenn auch nicht zu einer Königin, doch jedenfalls zum Weibe tauge. Daß in diesem Körper, so unbedeutend derselbe auch sein mochte, ein Geist lebte, mußte Lady Lufton anerkennen. Daß sie die Macht, und zwar die größte aller Mächte in dieser Welt erworben, sich für Andere zu opfern, dies war ebenfalls augenscheinlich; daß sie ein gutes Mädchen in der gewöhnlichen Bedeutug des Wortes war, dies hatte Lady Lufton niemals bezweifelt. Dabei besaß sie auch Geistesgegenwart, Entschlossenheit zum Handeln und war mit einem gewissen Feuer begabt.

Eben dieses Feuer war es, was ihr so unglück= licherweise Lord Lufton's Liebe gewonnen hatte.

Es war allerdings auch für Lady Lufton möglich, daß sie Lucy Robarts lieben lernte — sie gestand sich dies selbst zu — aber wer konnte wohl vor Lucy die Kniee beugen und ihr als Königin dienen? War es nicht schade, daß sie gar so unbedeutend war?

Nichtsdestoweniger aber können wir sagen, daß, während Lady Lufton zwei volle Stunden lang ohne Beschäftigung in ihrem Zimmer saß, Lucy's Stern am Firmament allmählich höher stieg.

Liebe war im Grunde genommen die Nahrung,

welche für Lady Lufton hauptsächlich oder vielmehr
ausschließlich nöthig war. Sie wußte dies selbst nicht,
und wahrscheinlich würden auch die Leute, die sie am
Besten kannten, dies nicht von ihr gesagt haben. Sie
würden erklärt haben, der Familienstolz sei ihre
tägliche Nahrung, und sie würden dies selbst gesagt,
obschon sich vielleicht eines weniger anstößigen Aus=
drucks bedient haben. Die Ehre ihres Sohnes und
die Ehre ihres Hauses waren, wie sie selbst glaubte,
Das, was ihr auf dieser Welt das Theuerste war.

Und dies beruhte zum Theil auch in Wahrheit;
denn hätte ihr Sohn seine Ehre verloren, so wäre sie
mit Herzeleid in die Grube gefahren. Dennoch aber
war das Haupterforderniß für ihr tägliches Leben die
Fähigkeit, die Personen zu lieben, welche ihre Um=
gebung ausmachten.

Als Lord Lufton das Speisezimmer verließ, hatte
er die Absicht, sofort nach dem Pfarrhause hinzugehen,
schlenderte aber erst eine Weile im Garten herum, um
zu überlegen, was er dort sagen sollte.

Er war aufgebracht gegen seine Mutter, denn er
besaß nicht Scharfsinn genug, um zu sehen, daß sie im
Begriff stand, ihm nachzugehen. Er nahm sich fest
vor, ihr nochmals zu sagen, daß er in dieser Angele=

genheit seinen eigenen Weg gehen werde. Er hatte in
Bezug auf Lucy's Herz erfahren, was er erfahren
mußte, und da dies der Fall war, so wollte er nicht
die Möglichkeit anerkennen, daß sein Vorhaben durch
den Widerstand seiner Mutter vereitelt werde.

„Es giebt in ganz England keinen Sohn, der
seine Mutter inniger liebte, als ich," sagte er bei sich
selbst, „aber es giebt gewisse Dinge, welche man sich
nicht gefallen lassen kann. Sie hätte mich an jenen
Marmorblock vermählt, wenn ich ihr den Willen ge=
lassen hätte, und nun, weil sie dort in ihrer Erwartung
getäuscht worden — Unbedeutend! In meinem ganzen
Leben habe ich nie etwas so Abgeschmacktes, so Unwah=
res, so Liebloses gehört! Wahrscheinlich wäre es ihr
lieber, wenn ich einen Drachen in's Haus brächte. Es
wäre ihr recht, wenn ich es thäte und ein Geschöpf
heimführte, welches ihr das Haus unerträglich machte.
— Doch sie wird sich meinem Willen fügen," sagte
er nochmals und lenkte dann seine Schritte nach dem
Gartenpförtchen, um nach dem Pfarrhause zu gehen.

„Haben Sie schon gehört, Mylord, was gesche=
hen ist?" fragte der Gärtner, ihm an dem Pförtchen
entgegenkommend.

Der Mann war ganz außer Athem und in

Folge der Wichtigkeit der Nachricht, die er brachte, fast außer sich.

„Nein, ich habe Nichts gehört   Was giebt es?"

„Die Gerichtsdiener haben sämmtliche Mobilien im Pfarrhause mit Beschlag belegt."

# Drittes Kapitel.

———

## Die Philister im Pfarrhause.

Es ist bereits erzählt worden, was während dieses Monats zwischen den Tozers, Mr. Curling und Mark Robarts geschehen war. Mr. Forrest hatte sich eben so, wie Mr. Sowerby, was thätigen Antheil betraf, von der Affaire ganz zurückgezogen. Von Mr. Curling gingen häufig Briefe im Pfarrhause ein, und endlich kam ein expresser Bote mit der Meldung, daß der böse Tag vor der Thür sei. Insoweit Mr. Curlings Erfahrung in seinem Berufe ihn in den Stand setzte, das Verfahren eines solchen Mannes, wie Tom Tozer, vorauszusagen, meinte er, daß die Gerichtsdiener den nächstfolgenden Morgen im Pfarrhause zu Framley sein würden.

Mr. Curling's Erfahrung täuschte ihn auch in dieser Beziehung nicht.

„Und was wirst Du nun thun, Mark?" fragte Fanny durch ihre Thränen hindurch, nachdem sie den Brief gelesen, welchen ihr Gatte, nachdem er ihn selbst gelesen, ihr mittheilte.

„Nichts. Was kann ich thun? Mögen sie kommen."

„Lord Lufton ist heute von seiner Reise zurückgekehrt. Willst Du nicht zu ihm gehen?"

„Nein. Wollte ich dies thun, so wäre dies ganz Dasselbe, als wenn ich ihn um das Geld bäte."

„Aber warum willst Du es Dir nicht von ihm leihen lassen, lieber Mark? Eine solche Summe wäre für ihn ganz gewiß keine sonderlich große."

„Nein, das kann ich auch nicht. Denke an Lucy und wie sie mit ihm steht. Ueberdies habe ich schon wegen Sowerby und seiner Geldangelegenheiten einen Wortwechsel mit Lufton gehabt. Er glaubt, ich sei nicht recht zu Werke gegangen, und er würde mir dies wieder sagen, und dann würde es zu einem scharfen Wortwechsel zwischen uns kommen. Ohne Zweifel würde er mir das Geld vorschießen, wenn ich ihn darum bäte, aber ganz gewiß thäte er es auf eine Weise, welche es mir unmöglich machte, es zu nehmen."

Nun gab es natürlich weiter Nichts zu sagen.

Wenn Fanny gedurft hätte, so wäre sie sofort zu Lady Lufton gegangen, aber sie konnte ihren Gatten nicht bewegen, einen solchen Schritt zu sanctioniren. Seine Abneigung, von der Lady Beistand anzunehmen, war eben so groß, als die, welche sich gegen ihren Sohn geltend machte. Es waren schon kleine Beweise von feindseliger Gesinnung zu Tage getreten, und unter solchen Umständen war es unmöglich, um pecuniäre Hülfe zu bitten.

Fanny war gleichwohl fest überzeugt, daß die Rettung aus dieser Bedrängniß zuletzt doch von dieser Seite herkommen müsse, oder daß sie gar nicht käme, und sie hätte daher gern, wenn es ihr erlaubt gewesen wäre, in dem ‚großen Hause‘ Alles erzählt.

Am nächstfolgenden Morgen frühstückten sie zur gewöhnlichen Stunde, aber in tiefer Betrübniß. Eine Magd, welche Fanny, als sie Mark geheirathet, mitgebracht, sagte ihr, daß ein gewisses Gerücht bis zu ihr in die Küche gedrungen sei. Stubbs, der Reitknecht, war am Tage vorher in Barchester gewesen, und seiner Erzählung gemäß, sagte Mary, sprachen in der Stadt alle Leute davon.

„Laß das nur gut sein, Mary,“ sagte Fanny.

„Ja wohl, ja wohl — es geht mich auch weiter Nichts an,“ entgegnete Mary.

Fanny war gerade zu dieser Zeit in hohem Grade

beschäftigt, denn es waren sechs Kinder im Hause, von welchen vier in ziemlich schlechter Ausstattung zu ihr gekommen waren, und sie machte sich daher, wie sie in der Regel zu thun pflegte, unmittelbar nach dem Früh= stück an ihre Arbeit. Heute aber bewegte sie sich sehr langsam im Hause umher. Sie war kaum im Stande, den Dienern ihre Befehle zu ertheilen, und sprach in traurigem Tone mit den Kindern, welche sie verwun= dert und ängstlich betrachteten.

Der Vicar begab sich gleichzeitig in sein Studir= zimmer, versuchte aber nicht, sich hier mit irgend Etwas zu beschäftigen. Er steckte die Hände in die Taschen, lehnte sich an den Kamin und heftete seine Augen auf den vor ihm stehenden Tisch, ohne zu sehen, was darauf lag. Zu seiner Arbeit sich niederzusetzen, war ihm unmöglich.

Man bedenke, worin die gewöhnliche Arbeit eines Geistlichen in seinem Studirzimmer besteht, und wie wenig aufgelegt unser Freund jetzt zu einer solchen Beschäftigung sein mußte. Wie möchte eine in einer solchen Angst verfaßte Predigt wohl ausgefallen sein, und mit welchen Gefühlen würde er das heilige Buch zur Hand genommen und bei dieser Arbeit zu Rathe gezogen haben?

In dieser Beziehung war er schlimmer daran als seine Gattin. Diese hatte wirklich Beschäftigung, er aber stand da, ohne Etwas zu thun, unverwandt vor sich hinblickend und überlegend, was die Leute wohl von ihm sprächen.

Zum Glück für ihn dauerte dieser Zustand von Ungewißheit nicht lange, denn noch war, nachdem er das Frühstückszimmer verlassen, noch keine halbe Stunde vergangen, als der Diener an seine Thür pochte — jener Diener, den er beim Beginn seiner Geldverlegen= heiten abzuschaffen beschlossen, den er aber wegen der Pfründe in Barchester behalten.

„Ich bitte um Entschuldigung, Wohlehrwürden. Es sind zwei Männer draußen," sagte der Diener.

Zwei Männer! Mark wußte recht wohl, was für Männer es waren, konnte aber die Ankunft zweier solcher Männer in seinem ruhigen Dorfpfarrhause unmöglich als Etwas hinnehmen, was sich von selbst verstände.

„Wer sind sie, John?" frug er, obschon er eine Antwort fürchtete, oder wenigstens nicht wünschte.

„Ich fürchte, es sind Gerichtsdiener, Sir."

„Gut, John. Natürlich müssen wir sie im Hause vornehmen lassen, was ihnen belieben wird."

Der Diener verließ das Zimmer, und der Vicar blieb, ohne sich zu rühren, stehen, wie er bis jetzt ge= standen.

So vergingen zehn Minuten, obschon sehr lang=

fam. Als gegen Mittag ein gewiffer Umftand ihm verrieth, welche Zeit es fei, erftaunte er förmlich zu finden, daß der Tag noch nicht beinahe zu Ende war.

Und nun w rd abermals an die Thür gepocht — er kannte diefes Pochen — und feine Gattin kam fchweigend hereingefchlichen. Sie kam dicht an ihn heran, ehe fie fprach, und legte ihren Arm in den feinen.

„Mark," fagte fie, „die Leute find da. Sie find im Hofe."

„Ich weiß es," antwortete er kurz.

„Wäre es nicht beffer, wenn Du mit ihnen fprächft?"

„Nein; was foll ich mit ihnen fprechen? Ueber= dies werden fie ja auch binnen wenigen Minuten hier fein."

„Sie nehmen ein Inventarium auf," fagte die Köchin. „Jetzt find fie im Stalle."

„Gut. Wir müffen fie thun laffen, wie ihnen beliebt."

„Die Köchin fagt, wenn wir ihnen zu effen, und einige Kannen Bier gäben, und wenn Niemand Etwas forttrüge, fo würden fie ganz höflich fein."

„Was kommt weiter darauf an? Mögen fie effen und trinken, fo lange noch Etwas da ift. Der Flei= fcher wird uns nun wahrfcheinlich Nichts mehr liefern."

„Aber, Mark, wir sind ja dem Fleischer Nichts schuldig — weiter Nichts, als die gewöhnliche monat=liche Rechnung.“

„Nun, Du wirst es ja sehen.“

„O, Mark, sieh mich nicht so an! Wende Dich nicht von mir ab. Was soll uns trösten, wenn wir uns nicht fest an einander anschließen?“

„Uns trösten! Gott stehe Dir bei! Ich wundere mich, Fanny, daß Du es ertragen kannst, hier mit mir in einem und demselben Zimmer zu stehen.“

„Mark, theuerster Mark, wer soll treulich bei Dir ausharren, wenn ich es nicht thue? Du sollst Dich nicht so von mir abwenden. Wie kann so Etwas eine Entfremdung zwischen uns herbeiführen?“

Und sie schlang ihre Arme um seinen Hals und küßte ihn.

Es war ein furchtbarer Morgen für ihn, dessen Ereignisse bis auf die unbedeutendsten herab seinem Gedächtniß bis zum letzten Tage seines Lebens einge=graben bleiben mußten. Er war so stolz gewesen auf seine Stellung — er hatte einen so hervorragenden Standpunkt eingenommen — er hatte den Kopf weit höher getragen, als irgend ein anderer Landprediger in dieser Gegend. Dies hatte ihm den Zutritt zu vornehmen Leuten verschafft, dies hatte ihn bei dem

Herzog von Omnium eingeführt, dies hatte ihm die Pfründe in Barchester erworben.

Aber wie sollte er nun den Kopf tragen? Was mußten die Arabins und Grantlys sagen? Wie spöttisch mußte der Bischof ihn ansehen, und wie sprachen Mistreß Proudie und ihre Töchter von ihm?

Wie mußte Crawley auf ihn herabblicken — Crawley, der ihm schon ein Mal eine Strafpredigt gehalten? Crawley mit seinen halbnackten Kindern, seinem kranken Weibe und all' seiner Noth und Bedrängniß hatte gleichwohl niemals einen Gerichtsdiener in sein Haus kommen sehen.

Und dann sein eigener Hülfsprediger, Evans, welchem gegenüber er den Gönner gespielt, und den er fast als einen Untergebenen behandelt — wie sollte er diesem in's Gesicht sehen und sich wegen der heiligen Verrichtungen für den nächsten Sonntag mit ihm besprechen?

Seine Gattin stand auch noch bei ihm und blickte ihm in's Gesicht, und als er sie ansah und an ihren Jammer dachte, konnte er sein Herz kaum noch bemeistern. Es war Sowerby's Lügenhaftigkeit und Sowerby's Betrug, was ihn und sein Weib in diese furchtbare Lage versetzt hatte.

„Wenn es noch Gerechtigkeit auf Erden giebt, so

wird er dafür büßen," sagte er endlich, nicht mehr im
Stande, seine Gefühle im Zaume zu halten.

„Wünsche ihm nichts Böses, Mark; Du kannst
überzeugt sein, daß er auch seine Leiden hat."

„Seine Leiden! Nein, die hat er nicht. Er ist
gegen solche wenigstens abgehärtet. Er ist in seiner
Unredlichkeit so verstockt, daß ihm alles Dies nur Anlaß zu Heiterkeit geben könnte. Wenn es im Himmel
eine Strafe für die Lüge giebt —"

„O, Mark, fluche ihm nicht!"

„Wie soll ich aber anders, als ihm fluchen, wenn
ich sehe, was er über Dich gebracht hat?

„Die Rache ist mein, spricht der Herr," antwortete das junge Weib, nicht in feierlichem, verweisendem
oder vorwurfsvollem Tone, sondern mit dem sanftesten
Geflüster. „Stelle die Rache ihm anheim, Mark, und
was uns betrifft, so laß uns beten, daß er unser Aller
Herzen rühren möge — das Herz Dessen, der uns in
dieses Unglück gestürzt, als auch unsere eigenen."

Mark hatte keine Zeit, hierauf zu antworten,
denn er ward wieder von einem Diener durch eine
Meldung gestört.

Diesmal war es die Köchin selbst, und sie kam
mit einer Botschaft von den Männern des Gesetzes.

Uebrigens kam sie, wohl zu merken, nicht, weil
sie als Köchin gezwungen gewesen wäre, eine solche

Dienstverrichtung auf sich zu nehmen, denn der Lakai
oder die Magd hätten eben so gut kommen können.
Wenn aber in einem Hause Alles aus dem rechten
Gleise kommt, dann ist dies mit den Dienstleuten
natürlich auch der Fall. In der Regel wird ein
Kellermeister sich unter keiner Bedingung dazu ver=
stehen, in einen Stall zu gehen, oder das Hausmädchen,
eine Bratpfanne anzufassen. Jetzt aber, wo diese neue
Erregung sich des Hauses bemächtigt hatte, wo die
Gerichtsdiener im Besitz waren und über Alles, wie
es lag und stand, ein Verzeichniß aufnahmen, war
jeder Dienstbote bereit, Alles zu thun, nur nicht Das,
was ihm eigentlich zukam. Der Gärtner sah nach den
lieben Kindern, die Amme räumte die Zimmer auf,
ehe die Gerichtsdiener dieselben betraten, der Reitknecht
war in die Küche gegangen, um ihnen einen Imbiß
zurechtzumachen, und die Köchin marschirte mit einem
Schreibzeug hin und her und gehorchte allen Befehlen
dieser großen Potentaten. Insoweit die Diener in
Frage kamen, war es sogar zweifelhaft, ob die Ankunft
der Gerichtsdiener bis jetzt nicht als eine angenehme
Zerstreuung betrachtet worden war.

„Entschuldigen Sie, Madame,“ sagte Jemima,
die Köchin, „die Männer wünschen zu wissen, in wel=
chem Zimmer Sie das Inventarium zuerst aufnehmen
lassen wollen, denn sie wollen Sie oder den Herrn so

wenig als möglich beläſtigen. Für Gerichtsdiener ſind die Leute wirklich ganz artig, das kann man nicht anders ſagen.“

„Sie mögen in das Geſellſchaftszimmer gehen,“ ſagte Fanny in leiſem, traurigem Tone.

Alle ordnungsliebenden Hausfrauen ſind ſtolz auf ihre Geſellſchaftszimmer, und auch Fanny war ſtolz auf das ihrige. Es war eingerichtet worden, als vollauf Geld da war, unmittelbar nach der Hochzeit, und Alles war darin ſchön und gut und ihr lieb und werth. Man kann ſich daher denken, was ſie empfin=den mußte, wenn jetzt zwei Gerichtsdiener darin mit Feder und Tinte herumliefen und einen Auctions=katalog aufſetzten. Es waren hier viele Dinge, die ſie von Lady Lufton, Lady Meredith und anderen Freundinnen geſchenkt erhalten, und ſie überlegte, ob es nicht möglich ſei, wenigſtens dieſe Gegenſtände zu retten, aber ſie ſagte nicht ein Wort, um nicht Mark's Verzweiflung noch höher zu ſteigern.

„Und dann in das Speiſezimmer, nicht wahr?“ ſagte Jemima, die Köchin.

„Ja, meinetwegen.“

„Und dann in das Studirzimmer des Herrn hier, oder vielleicht in die Schlafzimmer, wenn Sie und der Herr Vicar noch hier ſind.“

„Wie die Leute ſelbſt wollen; es kommt nicht viel

darauf an," sagte Fanny gelassen, obschon Jemima sich einige Tage lang nachher keines sonderlich freundlichen Blicks von ihrer Herrin zu erfreuen hatte.

Kaum hatte die Köchin das Zimmer wieder verlassen, so hörte man rasche Tritte draußen auf dem Kies vor dem Fenster, und gleich darauf öffnete sich die Hausthür.

„Wo ist Euer Herr?" fragte Lord Lufton's wohlbekannte Stimme, und in einer halben Minute war er ebenfalls im Studirzimmer.

„Aber, Mark, mein lieber Freund, was geht denn hier vor?" fragte er in heiterem Tone und mit freundlicher Miene. „Wußtest Du denn nicht, daß ich da bin? Gestern Abend bin ich hier eingetroffen, nachdem ich erst gestern Morgen von Hamburg in London gelandet war. Wie befinden Sie sich, Mistreß Robarts? — Das ist eine niedliche Geschichte!"

Mark wußte in dem ersten Augenblicke kaum, wie er mit seinem alten Freunde sprechen sollte. Er verstummte im Gefühl seiner Schmach, und zwar um so mehr, als sein Unglück von der Art war, daß es theilweise in Lord Lufton's Macht stand, demselben abzuhelfen. Er hatte, seitdem er ein Mann war, noch niemals Geld geborgt, war aber wegen Geldangelegenheiten mit Lord Lufton in einen Wortwechsel gerathen, bei welcher Gelegenheit sein Freund ihm großes Un-

recht gethan, und aus diesem doppelten Grunde war
er jetzt ganz stumm.

„Mr. Sowerby hat ihn betrogen," sagte Fanny,
indem sie sich die Thränen von den Augen trocknete.
Bis jetzt hatte sie noch kein Wort gegen Sowerby ge=
sagt, aber nun war es nöthig, ihren Gatten zu ver=
theidigen.

„Das läßt sich nicht bezweifeln. Ich glaube, dieser
Mensch hat Jeden betrogen, der ihm jemals Vertrauen
geschenkt. Ich sagte schon vor längerer Zeit, was an
ihm wäre. Aber, Mark, warum um's Himmels willen
hast Du es so weit kommen lassen? Hat Dir denn
Forrest keinen Beistand angeboten?"

„Mr. Forrest verlangte von ihm, daß er noch
mehr Wechsel unterzeichne, und dies wollte er nicht
thun," sagte Fanny schluchzend.

„Mit dem Ausfüllen von Wechseln ist es gerade
wie mit dem Schnapstrinken," sagte der discrete junge
Lord. „Wenn man ein Mal anfängt, so ist es sehr
schwer, wieder aufzuhören. Ist es wahr, daß die Ge=
richtsdiener schon hier sind, Mark?"

„Ja, sie sind im Nebenzimmer."

„Was, im Salon?"

„Ja, sie nehmen ein Verzeichniß über Alles auf,"
sagte Fanny.

„Nun, diesem müssen wir jedenfalls sofort ein Ende machen," sagte der Lord, indem er seine Schritte nach dem Schauplatze der gerichtlichen Operationen lenkte.

Fanny folgte ihm, und der Vicar blieb allein zurück.

„Warum haben Sie nicht zu meiner Mutter ge= schickt?" fragte Lord Lufton flüsternd, als er mit Fanny in der Hausflur stand.

„Mark wollte es nicht."

„Aber warum sind Sie dann nicht selbst gegan= gen? Oder warum haben Sie nicht an mich geschrie= ben — an mich, einen alten, vertrauten Freund?"

Fanny konnte ihm nicht auseinandersetzen, daß das eigenthümliche Verhältniß zwischen ihm und Lucy sie habe abhalten müssen, sich an ihn zu wenden, selbst wenn es in anderer Beziehung möglich gewesen wäre.

„Aber, Leutchen, das ist keine hübsche Arbeit, welcher ihr hier obliegt," sagte Lord Lufton, indem er in das Gesellschaftszimmer trat.

Die Köchin machte einen tiefen Knix, und die Ge= richtsdiener, welche den Lord kannten, hielten in ihrer Beschäftigung inne und legten die Hand grüßend an die Stirn.

„Ihr müßt augenblicklich aufhören, Leutchen," fuhr Lord Lufton fort. Kommt, laßt uns hinaus in die Küche oder sonst wohin gehen. Ich sehe Euch nicht gern mit Euern plumpen Stiefeln, und mit Tinte und Feder hier auf diesen schönen Teppichen und unter diesen feinen Möbels herumtraben."

„Wir beschädigen durchaus Nichts, Mylord," sagte die Köchin.

„Und wir thuen blos unsere Pflicht," sagte einer der Gerichtsdiener.

„Wir sind verpflichtete Leute, halten zu Gnaden, Mylord," sagte der Andere.

„Es thut uns leid, hier Störung und Belästigung zu verursachen, Mylord, aber wer kann für Unglück? Und wir müssen thun, was uns befohlen wird," sagte der Erste.

„Weil wir verpflichtet sind, Mylord," setzte der Zweite hinzu.

Nichtsbestoweniger aber, und trotz ihres Dienst= eides und der Nothwendigkeit, welche sie vorschützten, stellten sie auf den Wunsch des Lords ihre Operationen für den Augenblick ein, denn der Name eines Lords gilt in England immer noch viel.

„Und nun geht hinaus, damit Mistreß Robarts hereinkommen kann."

„Aber, Mylord, was sollen wir thun? Wer giebt uns weitere Instruction?"

Um die Leute in dieser Beziehung zufriedenzustel=

len, reichte Lord Lufton's persönliches Ansehen nicht
ganz aus. Er mußte auch Feder und Papier zu Hülfe
nehmen. Vermittelst dieser stellte er die Gerichtsdiener
wenigstens insoweit zufrieden, daß sie sich dazu ver=
standen, in Stubb's Zimmer, das frühere Hospital,
zurückzukehren, nachdem das Nöthige wegen Lieferung
von Speise und Trank besprochen ward, und hier den
Befehl zur Räumung des Hauses zu erwarten, der in
Folge der Vermittelung des Lords ihnen wahrscheinlich
am nächstfolgenden Morgen zugehen würde.

Aus all' diesem ging hervor, daß Lord Lufton sich
vorgenommen hatte, die ganze Schuld des Vicars
auf sich zu nehmen und für Bezahlung derselben zu
bürgen.

Er kehrte hierauf in das Studirzimmer zurück,
wo Mark beinahe noch auf derselben Stelle stand, die
er unmittelbar nach dem Frühstück eingenommen. Fanny
kehrte nicht zurück, sondern ging hinauf zu den Kindern,
um die bereits von ihr ertheilten Weisungen wegen
Einrichtung der Kinderstube für die Philister zu wider=
rufen.

„Mark,“ sagte Lord Lufton, „mache Dir nicht mehr
Sorge und Unruhe, als nöthig ist. Die Leute haben
ihre Thätigkeit eingestellt und werden morgen früh das
Haus wieder verlassen.“

„Und wie soll das Geld — bezahlt werden?" fragte der arme Vicar.

„Darum ängste Dich nur weiter nicht. Es wird Alles so geordnet werden, daß die Last endlich Deinen Schultern zufällt und nur auf den Augenblick Jemand anders die Verbindlichkeit der Zahlung übernimmt. Ganz gewiß aber gereicht es Dir zum Troste, zu wissen, daß Dein Weib nun nicht nöthig hat, ihr Gesellschaftszimmer zu räumen."

„Aber, Lufton, ich kann doch nicht zugeben, daß Du — nach Dem, was geschehen — und in dem gegenwärtigen Augenblick —"

„Lieber Freund, ich weiß Alles und komme eben darauf. Du hast Curling beauftragt, und er soll die Sache ordnen. Ich gebe Dir mein Wort, Mark, daß Du den Wechsel zuletzt selbst bezahlen mußt, für den Augenblick aber wird mein Banquier Zahlung leisten."

„Aber, Lufton —"

„Was die Advocaten- und Gerichtsgebühren betrifft, so ist es nicht mehr als billig, daß ich die Hälfte davon trage. Ich habe Dich zu der Bekanntschaft mit Sowerby verleitet, und ich weiß jetzt auch, wie ungerecht ich gegen Dich in London war. Sowerby's Verrätherei hatte mich aber damals im höchsten Grade erbittert, und mit Dir wird dies später ganz derselbe Fall gewesen sein."

„Er hat mich ruinirt," sagte Robarts.

„Nein, das hat er nicht gethan," entgegnete Lord Lufton, „obschon Du ihm deßwegen keinen Dank schuldig bist, denn er würde sich kein Gewissen daraus gemacht haben, es zu thun, wenn er Veranlassung dazu gehabt hätte. Wir, lieber Mark, können uns die Schlechtigkeit eines solchen Menschen gar nicht denken. Er sieht sich stets nach Geld um. Ich glaube, daß er selbst in den Stunden des freundschaftlichsten Verkehrs — wenn er mit Dir bei Deinem Weine sitzt oder neben Dir auf die Jagd reitet — fortwährend darüber nachdenkt, wie er Dich benutzen kann, um sich aus irgend einer Schwierigkeit zu helfen. Auf diese Weise hat er gelebt, bis er am Betrügen förmliches Vergnügen finden gelernt hat und darin so geschickt geworden ist, daß er, wenn wir morgen wieder mit ihm zusammenträfen, uns abermals hinters Licht führen würde. Er ist ein Mann, welchen man unbedingt meiden muß; diese Ueberzeugung habe wenigstens ich gewonnen."

Dieses Urtheil Lord Lufton's über den armen Sowerby war ein Wenig zu streng, wie wir denn überhaupt in unserer Meinung über die Schurken der Welt allzustreng zu sein pflegen. Daß Mr. Sowerby ein Schurke gewesen war, kann ich allerdings nicht leugnen. Es ist schurkisch, zu lügen, und er war ein großer Lügner gewesen. Es ist schurkisch, Versprechun=

gen zu geben, welche der Versprechende nicht halten
kann, und dies war Mr. Sowerby's tägliche Gewohn=
heit gewesen. Es ist schurkisch, von anderer Leute
Geld zu leben, und dies hatte Mr. Sowerby seit lan=
ger Zeit gethan. Es ist schurkisch, vorsätzlich mit
Schurken zu thun zu haben, und dies war bei Mr.
Sowerby fortwährend der Fall gewesen. Ich weiß
nicht, ob er nicht zu gewissen Zeiten sich selbst noch
handgreiflicherer Schurkereien, als die soeben aufge=
zählten, schuldig gemacht hatte.

Nichtsdestoweniger aber, und trotz dieses Zuge=
ständnisses von unserer Seite war Lord Lufton in sei=
nem Urtheil doch zu hart gegen ihn. Eine Möglich=
keit der Reue war noch in ihm vorhanden, sobald ihm
nur ein locus poenitentiae verschafft werden konnte.
Seine Missethaten bekümmerten ihn tief, und er wußte
recht wohl, wie sehr er gefehlt.

„Ich kann Niemanden Etwas zur Last legen, als
mir selbst," sagte Mark immer noch in demselben Tone
der Zerknirschung und mit von seinem Freunde ab=
gewendetem Gesicht.

Die Schuld sollte nun bezahlt werden, und die
Diener des Gesetzes standen im Begriff, das Haus zu
räumen. Aber deßwegen war sein Ansehen in den
Augen der Welt immer noch nicht wieder hergestellt.
Alle Menschen — alle Geistlichen der Diöcese mußten

erfahren, daß die Gerichtsdiener im Begriff ſtanden, den Vicar von Framley auszupfänden, und wie ſollte er ſeinen Collegen vom Domkapitel zu Barcheſter in's Auge ſchauen?

„Lieber Freund, wenn alle Menſchen wegen einer ſolchen Kleinigkeit den Muth verlieren wollten, ſo ſähe es ſchlimm aus," ſagte Lord Lufton, indem er ſich ver= traulich auf die Schulter ſeines Freundes ſtützte.

„Aber nicht alle Menſchen ſind Geiſtliche," ſagte Mark und wendete ſich, indem er dies ſagte, nach dem Fenſter, und Lord Lufton wußte, daß ihm die Thränen über die Wangen rollten.

Es ward nun einige Augenblicke lang Nichts ge= ſprochen bis Lord Lufton wieder anhob:

„Mark, lieber Freund!"

„Nun," ſagte Mark, mit dem Geſicht immer noch nach dem Fenſter gewendet.

„Du darfſt nicht vergeſſen, daß ich, indem ich Dir aus dieſer Verlegenheit helfe, was für mich übrigens gar keine Mühe iſt, ein noch größeres Recht dazu habe, als das eines alten Freundes, denn ich betrachte Dich jetzt als meinen Schwager."

Mark drehte ſich langſam herum, und die Thrä= nen auf ſeinem Geſicht wurden deutlich ſichtbar.

„Willſt Du damit ſagen, daß etwas Weiteres in der Sache geſchehen iſt?"

„Ich bin fest entschlossen, Deine Schwester zu meinem Weibe zu machen. Sie ließ mir durch Dich sagen, daß sie mich liebe, und nun ich ein Mal dies weiß, bin ich nicht gesonnen, mich länger von meinem Vorhaben abhalten zu lassen. Wenn sie und ich mit einander einverstanden sind, so hat kein Mensch auf der Welt das Recht, sich zwischen uns zu stellen, und so wahr ich lebe, soll es auch Keiner. Im Geheimen will ich Nichts thun, und deßhalb sage ich Dir dies gerade so, wie ich es meiner Mutter gesagt habe."

„Aber was sagt sie dazu?"

„Sie sagt Nichts, aber so kann die Sache nicht fortgehen. Meine Mutter und ich können nicht länger hier beisammen leben, wenn sie mir auf diese Weise entgegenarbeitet. Ich will Deine Schwester nicht er= schrecken, aber ich werde nach Hogglestock hinüberreiten und ihr sagen, was ich so eben Dir gesagt habe. Sie würde sonst denken, ich hätte sie vergessen."

„Nein, das wird sie nicht denken."

„Sie hat es auch nicht nöthig. So leb' denn wohl, alter Freund. Die Angelegenheit wegen So= werby's Wechselschuld werde ich mit meiner Mutter ordnen."

Und damit nahm Lord Lufton Abschied und ging fort, um die nöthigen Schritte wegen Bezahlung des Geldes zu thun.

„Mutter," sagte er an diesem Abend zu Lady Lufton, „Du darfst diese Auspfändungsgeschichte dem armen Robarts nicht zur Last legen. Ich bin mehr schuld daran, als er."

Bis jetzt war zwischen Lady Lufton und ihrem Sohne über diesen Gegenstand kein Wort gesprochen worden. Allerdings hatte sie mit Entsetzen gehört, was geschehen, und eben so auch, daß ihr Sohn sich sofort nach dem Pfarrhaus begeben hatte. Es war ihr deßhalb unmöglich, sich einzumischen. Daß das erforderliche Geld geschafft werden würde, mußte sie wohl, aber dies beseitigte nicht die furchtbare Schande, welche eine Auspfändung in dem Hause eines Geistlichen für diesen zur Folge haben mußte.

Und Mark Robarts war obendrein ihr Geistlicher, von ihr selbst gewählt und nach Framley berufen! Sie begann fast zu bereuen, daß sie jemals den Namen Robarts gehört.

Dennoch aber würde sie nicht gezaudert haben, die Hand auszustrecken, um mit ihrem eigenen Gelde das Uebel zu mindern oder zu beseitigen, wenn dies nothwendig oder möglich gewesen wäre. Wie aber konnte sie zwischen Robarts und ihrem Sohn vermitteln, besonders wenn sie an dem Verhältniß des Letztern zu der Schwester des Vicars dachte?

„Du wäreſt daran ſchuld, Ludovic?" fragte ſie.

„Ja, Mutter. Ich machte ihn mit Mr. Sowerby bekannt, und er würde ſich nicht ſo eng mit ihm befreundet haben, wenn ich ihm nicht in Bezug auf gewiſſe, damals zwiſchen mir und Sowerby ſchwebende Geldangelegenheiten eine Art Auftrag ertheilt hätte. Jetzt iſt dies Alles, Dank Deiner Freundlichkeit, Mutter, erledigt."

„Als Geiſtlicher aber hätte Robarts ſich von allen dieſen Dingen fern halten ſollen."

„Nun wenigſtens thue mir den Gefallen, Mutter, die Sache ruhen zu laſſen."

„O ich werde Nichts zu ihm ſagen."

„Dann ſage wenigſtens Etwas zu Fanny; es ſieht ſonſt gar ſo ſonderbar aus. Selbſt mit Mark würde ich an Deiner Stelle einige Worte ſprechen — ein Wort der Güte und Freundlichkeit, wie Du es ja ſo gut zu ſprechen weißt. Es wird ihm dies weit lieber ſein, als wenn Du Dich ganz ſchweigend verhältſt."

Ein fernerweites Geſpräch fand zwiſchen Mutter und Sohn über dieſes Thema für den Augenblick nicht ſtatt; ſpäter am Abend aber fuhr ſie mit der Hand über die Stirn des Sohnes — ſtrich das lange ſeidene

Haar glatt, wie sie alle Mal zu thun pflegte, wenn sie besonders liebreich gestimmt war, und sagte:

„Ludovic, ich glaube, ein besseres Herz als das Deinige giebt es auf der Welt nicht. Ich werde in Bezug auf den Vicar und das Geld ganz so handeln, wie Du es wünschest."

# Viertes Kapitel.

---

## Im Palast des Bischofs.

Furchtbare Gerüchte drangen um diese Zeit nach Barchester, flatterten um die Thürme der Kathedrale und bahnten sich den Weg in die Häuser der Mitglieder des Kapitels. Ob sie von hier den Weg nach dem Palast des Bischofs hinauf fanden, oder ob sie aus diesem gekommen waren, darüber will ich keine Vermuthung aufstellen.

Es waren aber entsetzliche, unnatürliche Gerüchte, welche alle diese frommen, geistlichen Herzen auf's Tiefste betrüben mußten.

Das erste dieser Gerüchte bezog sich auf den neuen Pfründner und die Schande, welche er über das Kapitel gebracht — eine Schande, welche, wie man

behaupten wollte, in Barchester noch nicht vorgekom=
men war.

Dies war aber, wie so vieles Andere, was oft
mit großer Zuversicht behauptet wird, nicht wahr,
denn nur erst vor wenigen Jahren hatte in dem Hause
eines jetzt verstorbenen Pfründners, des alten Doctor
Stanhope, eine Hülfsvollstreckung stattgefunden, und
der Doctor selbst sich bei dieser Gelegenheit genöthigt
gesehen, bei Nacht und Nebel nach Italien zu fliehen,
um nicht eben so wie seine Tische und Stühle selbst in
die Hände der Philister zu fallen.

„Es ist eine Schmach und ein Scandal,“ sagte
Mistreß Proudie, indem sie nicht von dem alten Doctor,
sondern von dem neuen Uebelthäter sprach, „eine
Schmach und ein Scandal, und es wäre ihm ganz
recht, wenn man ihm das Priestergewand vom Leibe
risse.“

Wahrscheinlich wird seine Stelle sequestrirt wer=
den,“ sagte ein jüngerer Canonicus, welcher bei der
Gemahlin des Bischofs in hoher Gunst stand.

Wenn das Pfarrhaus zu Framley sequestrirt
ward, warum konnte nicht er eben so gut als ein Anderer
damit beauftragt werden und das Honorar einstreichen,
welches der Bischof dafür auszusetzen für gut fand?

„Wie ich höre, steckt er in Schulden bis über

die Ohren," sagte die künftige Mistreß Tickler. „Er hat immer Pferde gekauft und nicht bezahlt."

„Allerdings habe ich ihn stets, wenn er nach Barchester gekommen ist, sehr schöne Thiere reiten sehen," bemerkte der jüngere Canonicus.

„Die Gerichtsdiener sind jetzt bei ihm im Hause," sagte Mistreß Proudie.

„Und hat man ihn nicht verhaftet?" fragte Mistreß Tickler.

„Wenn es noch nicht geschehen ist, so hätte es doch geschehen sollen," sagte Mistreß Tickler's Mutter.

„Ohne Zweifel wird es noch geschehen," sagte der Canonicus, „denn, wie ich höre, hat er sich mit sehr übelberüchtigtem Gesindel eingelassen."

Dies war es, was über dieses Thema im bischöf= lichen Palast gesprochen ward, und obschon hier ohne Zweifel mehr Geist und Poesie entfaltet ward, als in den Häusern der weniger begabten untergeordneten Geistlichkeit, so zeigt dies doch die Art und Weise, auf welche das Unglück des Vicars im Allgemeinen be= sprochen ward. Auch hatte er im Grunde genommen keine bessere Behandlung von dieser Seite verdient.

Dennoch aber sollte sein Name nicht die her= kömmlichen neun Tage Spießruthen laufen, ja, es war dies kaum zwei bis drei Tage lang der Fall. Der Grund hiervon lag in andern Nachrichten von

weit ernsterer Art — in einem Gerücht, welches auf
die Gattin des Bischofs einen so furchtbaren Eindruck
machte, daß ihr, wie sie selbst sagte, das Blut in den
Adern erstarrte.

Dieses neue Gerücht behauptete nämlich, Lord
Dumbello habe die Absicht, Miß Grantly „sitzen zu
lassen."

Von welchem feindseligen Punkte in der Welt
diese grausamen Nachrichten nach Barchester gelangten,
bin ich niemals im Stande gewesen, zu entdecken.
Wir wissen Alle, wie schnell ein Gerücht sich verbreitet,
und daß Mistreß Proudie von den mit der Familie
Hartletop zusammenhängenden Thatsachen mehr wußte,
als sonst Jemand in Barchester, war nicht zu ver=
wundern, da sie ja mit der großen Welt, in welcher
solche Personen sich bewegten, weit mehr verkehrte,
als andere Leute.

Sie wußte oder behauptete wenigstens mit großer
Bestimmtheit, Lord Dumbello habe schon vor drei
Jahren eine andere junge Dame, die Lady Julia Mac
Mull, mit welcher er ebenfalls verlobt gewesen, „sitzen
lassen," und es sei ihm daher die Wiederholung eines
solchen Verbrechens recht wohl zuzutrauen.

Daß Lady Julia eine fürchterliche Kokette gewesen
und fortwährend mit einem gewissen deutschen Grafen
getanzt hatte, der sie später mit ihrer Einwilligung

entführt, davon wußte Mistreß Proudie trotz ihrer genauen Bekanntschaft mit der großen Welt höchst wahrscheinlich Nichts, denn sie äußerte bei der gegenwärtigen Gelegenheit kein Wort darüber.

„Es ist dies eine furchtbare Warnung, Mistreß Quiverful, eine furchtbare Warnung für uns Alle. Man darf den Dingen dieser Welt nie trauen. Ich fürchte, die guten Grantlys haben sich nach diesem jungen Edelmann nicht genau genug erkundigt, ehe sie ihm die Hand ihrer Tochter zusagten."

Dies sagte sie zu der Gattin des gegenwärtigen Inspectors von Hiram's Hospital, einer Dame, welche vielerlei Begünstigungen von ihr erfahren und deßhalb verpflichtet war, ihr aufmerksam zuzuhören.

„Ich hoffe immer noch, daß es nicht wahr ist," sagte Mistreß Quiverful, welche trotz ihrer Verbindlichkeit gegen Mistreß Proudie doch ihre besondern Gründe hatte, der Familie Grantly alles Gute zu wünschen.

„Ja, ich hoffe es auch," sagte die Gemahlin des Bischofs mit einem leichten Anflug von Aerger in ihrer Stimme; „ich fürchte aber, daß die Sache außer Zweifel steht. Wir wollen es uns Alle zur Lehre dienen lassen und als ein Beispiel betrachten, welches uns der Herr in seiner Barmherzigkeit giebt. Sagen Sie Ihrem guten Manne, ich ließe ihn bitten, nächsten

Sonntag bei seinem Morgen= und Abendvortrage im Hospital hervorzuheben, wie ungerechtfertigt das Ver= trauen ist, welches wir auf die Güter der Welt setzen."

Mr. Quiverful kam bis zu einem gewissen Grade diesem Auftrage nach, denn er fühlte, daß ein ruhiges Leben in Barchester von großem Werthe für ihn sei; dennoch aber ging er nicht so weit, seine Zuhörer, welche aus den bejahrten Incorporirten des Hospi= tals bestanden, vor ehrgeizigen Heirathsprojecten zu warnen.

Das Gerücht war in diesem Falle, wie in jedem andern dieser Art, dem ganzen Kapitel bekannt, ehe noch der Oberdecan oder seine Gattin Etwas davon gehört hatten. Der Decan hörte es, achtete aber nicht darauf. Dasselbe that seine Gattin — anfangs. Auch alle Anderen, welche überhaupt zu den Grantlys hielten, schüttelten, als sie die Nachricht vernahmen, die Köpfe und sagten zu einander, der Oberdecan sowohl als seine Frau seien Leute, welche stets mit großer Vorsicht zu Werke zu gehen pflegten.

Steter Tropfen höhlt jedoch den Stein, und endlich ward von allen Seiten zugegeben, daß Grund zu Befürchtungen vorhanden sei, nur in Plumstead wollte man Nichts davon wissen.

„Ich bin überzeugt, daß die ganze Sache erlogen ist," sagte Mistreß Arabin zu ihrer Schwester; „aber dennoch hielt ich es für meine Pflicht, es Dir zu sagen."

„Sehr richtig, liebe Eleanor," sagte Mistreß Grantly. „Ich bin Dir zu großem Danke verpflichtet. Wir wissen aber, was wir von diesem Gerücht zu halten haben. Es stammt natürlich, wie alle anderen christlichen Segnungen, aus dem bischöflichen Palast."

Und nun ward zwischen Mistreß Grantly und ihrer Schwester weiter Nichts darüber gesprochen.

Am nächstfolgenden Morgen aber kam ein Brief mit der Post. Derselbe war an Mistreß Grantly adressirt und trug den Poststempel Littlebath. Er lautete:

„Madame.

„Schreiber dieses hat in bestimmte Erfahrung gebracht, daß Lord Dumbello gewisse Freunde zu Rathe gezogen, wie er sich von dem eingegangenen Verhältniß wieder freimachen kann. Ich halte es daher als Christ für meine Pflicht, Sie hiervon in Kenntniß zu setzen.

„Mit Achtung und Ergebenheit

„Jemand, der es gut mit Ihnen meint."

Nun traf es sich, daß die intimste Busenfreundin und Vertraute der künftigen Mistreß Tickler, wie man in Plumstead wußte, in Littlebath wohnte, und eben so traf es sich — höchst unglücklicher Weise — daß die künftige Mistreß Tickler in dem Eifer ihrer nachbar= lichen Theilnahme ein freundschaftliches Briefchen an ihre Freundin Griselda Grantly geschrieben, worin sie ihr zu ihrer glänzenden Verlobung mit Lord Dum= bello mit aller weiblichen Aufrichtigkeit Glück wünschte.

„Es ist nicht ihre natürliche Handschrift," sagte Mistreß Grantly, als sie die Sache mit ihrem Gatten besprach, „aber Du kannst Dich darauf verlassen, daß der Brief von ihr ist. Es ist dies eine Probe des neuen Christenthums, welches uns Tag für Tag von dem bischöflichen Palast aus gepredigt wird."

Auf das Gemüth des Oberdecans blieben jedoch diese Dinge nicht ohne Wirkung. Er hatte kürzlich die Geschichte von Lady Julia Mac Mull gehört und war der Meinung, sein zukünftiger Schwiegersohn habe in dieser Angelegenheit nicht ganz tadellos ge= handelt.

Uebrigens hatte auch Lord Dumbello seit langer Zeit Nichts von sich hören lassen. Unmittelbar nach Griselda's Rückkehr nach Plumstead hatte er ihr einen prachtvollen Smaragdschmuck zum Geschenk gemacht, den sie jedoch direct von dem Juwelier zugesendet erhalten, und der von seinem Geschäftsagenten bestellt worden sein konnte und wahrscheinlich auch bestellt worden war.

Seit dieser Zeit war er weder selbst da gewesen, noch hatte er geschickt oder geschrieben.

Griselda selbst schien durch diesen Mangel an Liebesbeweisen nicht sonderlich beunruhigt zu werden, sondern fuhr unerschütterlich in der Erfüllung ihrer großen und schweren Pflichten fort. Vom Schreiben, sagte sie zu ihrer Mutter, sei nicht die Rede gewesen, und deßhalb erwarte sie es auch nicht.

Der Oberdecan aber fing, wie schon bemerkt worden, an, unruhig zu werden.

„Haltet Euern Dumbello fest," hatte ihm ein Freund in seinem Club zugeflüstert.

Ja, das wollte der Oberdecan, denn er war nicht der Mann, der eine Unbill in dieser Beziehung mit Gleichgültigkeit über sich ergehen ließ. Trotz seines geistlichen Berufes waren Wenige mehr geneigt oder im Stande, eine persönliche Beleidigung zu rächen.

„Ich möchte doch wissen, ob diesen Gerüchten etwas Wahres zum Grunde liegt," sagte er zu seiner Gattin. „Wäre es nicht vielleicht besser, wenn ich nach London reis'te?"

Mistreß Grantly brachte aber die ganze Sache auf Rechnung der ihnen feindseligen Stimmung im bischöflichen Palast.

Was konnte auch, wenn man alle Umstände richtig erwog, natürlicher sein?

Mistreß Grantly erklärte sich deßhalb mit Be=
stimmtheit gegen jeden von dem Oberdecan in dieser
Beziehung beabsichtigten Schritt.

Einige Tage später begegnete die Gemahlin des
Bischofs Mistreß Arabin und bezeigte ihr ihr Beileid
wegen des rückgängig gewordenen Heirathstractats,
denn die zukünftige Mistreß Tickler war bei ihrer
Mutter, und Mistreß Arabin war von ihrer Schwä=
gerin Mary Bold begleitet.

„Es muß für Mistreß Grantly sehr schmerzlich
sein,“ sagte Mistreß Proudie, „und ich fühle aufrich=
tiges Mitleid mit ihr, aber, Mistreß Arabin, alle diese
Prüfungen werden uns zu unserm ewigen Heil ge=
sendet.“

„Versteht sich,“ sagte Mistreß Arabin. „Was
indessen diese spezielle Prüfung betrifft, so bin ich ge=
neigt, zu bezweifeln, daß sie —“

„Ach, ich fürchte, es ist nur zu wahr. Ich
fürchte, es ist kein Zweifel mehr zulässig. Sie wissen
wohl, daß Lord Dumbello nach dem Continent abge=
reis't ist?“

Mistreß Arabin wußte Nichts davon, konnte aber
auch nicht widersprechen.

„Vor vier Tagen ist er über Boulogne abgereis't,“
sagte die zukünftige Mistreß Tickler, welche in der
ganzen Angelegenheit sehr genau unterrichtet zu sein

schien. „Die arme gute Griselba thut mir unendlich
Leib. Wie ich höre, hat sie schon ihre ganze Ausstat=
tung fertig."

„Aber warum sollte Lord Dumbello nicht vom
Continent wieder zurückkommen?" fragte Miß Bold
sehr ruhig.

„Allerdings! Ich hoffe selbst, daß er wieder=
kommen werde," sagte Mistreß Proudie. „Es läßt
sich sogar nicht bezweifeln, daß er ein Mal wieder=
kommen wird. Wenn er aber wirklich ein solcher
Mensch ist, wie die Leute sagen, so ist es ein Glück
für Griselba, daß sie ihn nicht bekommt. Denn,
Mistreß Arabin, ich frage Sie, was sind die Dinge
dieser Welt? Staub unter unsern Füßen, Asche zwi=
schen unsern Zähnen, Gras, welches heute grünt und
morgen abgehauen und in den Ofen geworfen wird
— Eitelkeit, Unruhe und Trübsal, weiter Nichts."

Und nachdem Mistreß Proudie diese so reich mit
christlichen Metaphern geschmückte kleine Rede gehalten,
bewegte sie sich stolz und selbstgefällig weiter.

Die Sache war nun soweit gekommen, daß Mi=
streß Arabin es für ihre Pflicht hielt, mit ihrer
Schwester darüber zu sprechen, und man kam demzu=
folge in Plumstead überein, daß der Oberdecan sich in
eigner Person nach dem bischöflichen Palast begeben
und um Widerruf des Gerüchts bitten sollte.

Er that dies frühzeitig am nächsten Morgen und ward in das Studirzimmer des Bischofs gewiesen, in welchem er sowohl diesen selbst, als dessen Gemahlin antraf.

Der Bischof erhob sich, um ihn mit ganz besonderer Höflichkeit zu grüßen, indem er ihn höchst freundlich anlächelte, als ob von seiner ganzen Geistlichkeit der Oberdecan sein Liebling sei.

Mistreß Proudie dagegen schaute etwas düster darein, als ob sie wüßte, daß ein solcher Besuch zu einer solchen Stunde ein spezielles Geschäft zum Gegenstand haben müsse. Die Morgenbesuche, welche der Oberdecan aus bloßer Höflichkeit im bischöflichen Palaste abzustatten pflegte, waren nicht zahlreich.

Bei der gegenwärtigen Gelegenheit kam er sofort zur Sache.

„Ich komme," sagte er, „weil ich Sie um eine Gunst zu bitten wünsche, Mistreß Proudie," hob er an.

Die Gemahlin des Bischofs verneigte sich.

„Meine Frau wird sich glücklich schätzen, Ihren Wunsch zu erfüllen, davon bin ich überzeugt," sagte der Bischof mit freundlichem Lächeln.

„Gewisse thörichte Leute haben in Barchester ein abgeschmacktes Gerede über meine Tochter in Umlauf

gebracht," sagte der Oberdecan, „und ich wünsche
Mistreß Proudie zu fragen —"

Die meisten Frauen würden unter solchen Um=
ständen das Schwierige ihrer Situation gefühlt und
sich darauf gefaßt gemacht haben, ihre früher gespro=
chenen Worte mit süßsaurer Miene wieder zurückzu=
nehmen. Mit Mistreß Proudie aber war dies nicht
der Fall. Mistreß Grantly war so unklug gewesen,
ihr Mr. Slope vorzurücken, und sie war entschlossen,
sich dafür zu rächen. Mistreß Grantly hatte überdies
Olivia's Verlobung mit Mr. Tickler lächerlich gemacht,
und Mistreß Proudie war daher nicht gesonnen, sich
jetzt mit übergroßem Zartgefühl über die Dumbello=
Partie auszusprechen.

„Es thut mir leid, zugeben zu müssen, daß aller=
dings sehr viele Leute über die gute Griselda sprechen,"
sagte Mistreß Proudie, „aber mein Himmel, sie kann
ja Nichts dafür. So Etwas hätte jedem Mädchen
passiren können, obschon bei etwas mehr Vorsicht —
Sie entschuldigen, Doctor Grantly —"

„Ich komme in Folge des Gerüchts, welches sich
in Barchester verbreitet hat, und welchem nach die Partie
zwischen Lord Dumbello und meiner Tochter rückgängig
geworden sein soll und —"

„Ich glaube, es giebt jetzt in Barchester keinen
Menschen, der es nicht wüßte," sagte Mistreß Proudie.

„Ich wollte daher," fuhr der Oberdecan fort, „bitten, daß diesem Gerücht widersprochen würde."

„Widersprochen!" rief Mistreß Proudie. „Lord Dumbello ist ja fort! Er hat das Land verlassen."

„Wohin er gegangen ist, darauf kommt Nichts an, Mistreß Proudie. Ich bitte jedenfalls, daß das Gerücht widerrufen werde."

„Dann müssen Sie die Runde durch sämmtliche Häuser in Barchester machen," sagte die Gemahlin des Bischofs.

„Das wäre, glaube ich, nicht nöthig," entgegnete der Oberdecan, „und vielleicht wird es gut sein, wenn ich dem Herrn Bischof erkläre, daß ich hierher gekommen bin, weil —"

„Mein Mann weiß Nichts davon," sagte Mistreß Proudie.

„Nicht das Mindeste," sagte der Bischof, „und ich hoffe aufrichtig, daß die junge Dame in ihren Erwartungen nicht getäuscht werde."

„Ich bin hierher gekommen, weil Sie selbst, Mistreß Proudie, gestern die Sache gegen meine Schwägerin Mistreß Arabin mit so großer Bestimmtheit erwähnt haben."

„Allerdings habe ich die Sache mit großer Bestimmtheit erwähnt," entgegnete die Gemahlin des

Bischofs. „Es giebt Dinge, die man nicht unter den Scheffel stellen kann, mein bester Herr Doctor Grantly, und dieses hier scheint eins davon zu sein. Wenn Sie sich auch auf noch so sonderbare Weise geberden, so heirathet Lord Dumbello Ihre Tochter, wenn er ein Mal nicht will, doch nicht."

Dies war sehr richtig, auch ward Mistreß Proudie durch Doctor Grantly's Schritte nicht bewogen, den Mund zu halten. Es war vielleicht unklug von ihm gehandelt, diesen Schritt zu thun, und er begann dies jetzt selbst einzusehen.

„Wenigstens," sagte er, „werden Sie, wenn ich Ihnen sage, daß durchaus kein Grund zu einem solchen Gerücht vorhanden ist, mir die Gefälligkeit erzeigen, zu sagen, daß, soweit Sie in Frage kommen, das Gerücht nicht weiter verbreitet werden soll. Ich glaube, Mylord, daß ich damit nicht zu viel ver= lange."

„Mein Mann weiß Nichts davon," sagte Mistreß Proudie wieder.

„Nicht das Mindeste," sagte der Bischof.

„Und da ich erklären muß, daß ich der Nachricht, welche mir in dieser Beziehung zugegangen ist, vollen Glauben beimesse," sagte Mistreß Proudie, „so sehe ich nicht ein, wie es möglich ist, daß ich derselben widerspreche. Ich kann mir recht wohl denken, was Sie fühlen, Herr Doctor. In Anbetracht der Stellung Ihrer Tochter war die Partie, was irdischen Reichthum betrifft, eine sehr große. Ich wundere mich nicht, daß es Sie schmerzt, dieselbe abgebrochen zu sehen, aber ich lebe der Zuversicht, daß dieser Schmerz Ihnen und Miß Griselda zuletzt zum Segen gereiche. Dergleichen irdische Enttäuschungen sind ein kostbarer Balsam, und ich hoffe, Sie werden auch die Ihnen jetzt beschiedene als solchen hinzunehmen wissen."

Doctor Grantly hatte sehr unrecht daran gethan, daß er in den bischöflichen Palast gegangen war. Seine Gattin hätte bei einem Wortgefecht mit Mistreß Proudie allenfalls Aussicht auf Sieg gehabt, er aber hatte keine. Seitdem er nach Barchester gekommen, hatte er blos zwei oder drei Rencontres mit ihr gehabt, war aber alle Mal auf's Haupt geschlagen worden. Seine Besuche im Palast endeten alle Mal damit, daß er die Bewohner desselben in einer keineswegs wünschenswerthen Gemüthsstimmung verließ, und er fand nun, daß dies auch heute der Fall sein würde.

Er konnte Mistreß Proudie nicht zwingen, zu sagen, daß das Gerücht unwahr sei, auch konnte er sich nicht so weit vergessen, scharfe Gegenbemerkungen in Bezug auf ihre eigene Tochter fallen zu lassen, wie seine Gattin gethan haben würde.

Und nachdem er so eine vollständige Niederlage erlitten, erhob er sich und nahm Abschied.

Das Schlimmste aber bei der Sache war, daß er sich, als er so seine Schritte wieder heimwärts lenkte, nicht des Gedankens erwehren konnte, daß an dem Gerücht doch wohl etwas Wahres sei.

Wenn nun Lord Dumbello wirklich nach dem Continent in der Absicht gegangen war, um von dort irgend einen Grund anzugeben, aus welchem es ihm unmöglich sei, Miß Grantly zu seiner Frau zu machen?

Dergleichen Treulosigkeiten waren von Männern seines Ranges schon mehr als ein Mal begangen worden. Mochte nun die zukünftige Mistreß Tickler die wohlmeinende Person sein, welche jenen Brief ge= schrieben, oder mochte sie ihre Freundin bewogen haben, dies zu thun, so schien ihm doch klar zu sein, daß Mistreß Proudie das Gerücht, welches sie so thätig verbreitete, wirklich selbst glaubte.

Der Wunsch war vielleicht der Vater des Ge= dankens, daß aber dieser Gedanke wirklich lebte, dies konnte Doctor Grantly nicht leugnen.

Seine Gattin war weniger leichtgläubig und wußte ihn in gewissem Grade wieder zu trösten; an demselben Abend aber erhielt er einen Brief, welcher

den von Miſtreß Proudie angeregten Verdacht in hohem
Grade beſtärkte und ſelbſt Miſtreß Grantly's Ver=
trauen auf Lord Dumbello erſchütterte.

Der Brief kam von einem Bekannten, der bei
gewöhnlichem Laufe der Dinge nicht an ihn geſchrieben
haben würde.

Der Hauptinhalt des Briefes bezog ſich auf ganz
gewöhnliche Dinge, um derentwillen es dem Schreiber
ganz gewiß nicht eingefallen wäre, ſich die Mühe zu
nehmen, deßwegen einen Brief zu ſchreiben. Am Ende
des Briefs aber hieß es:

„Jedenfalls wiſſen Sie ſchon, daß Dumbello nach
Paris abgereiſ't iſt. Ich habe nicht gehört, ob der
Tag ſeiner Rückkehr genau beſtimmt iſt.“

„Dann iſt es alſo wahr,“ ſagte der Oberdecan,
indem er mit der Fauſt auf den Tiſch ſchlug und um
den Mund herum ganz weiß ward.

„Es kann nicht ſein,“ ſagte Miſtreß Grantly,
aber ſelbſt ſie fing an zu zittern.

„Wenn dem ſo iſt, ſo ſchleppe ich ihn beim Kragen
nach England zurück und überhäufe ihn vor den Stufen
der Halle ſeiner Väter mit Schmach und Schande.“

Und der Oberdecan ſpielte, indem er dieſe Dro=
hung ausſtieß, ſeine Rolle als erzürnter britiſcher
Vater weit beſſer, als die eines Geiſtlichen der Kirche
von England.

Er war von Miſtreß Proudie ſchmählich geworfen
worden, aber er war dennoch ein Mann, der unter
Männern ſeine Schlachten zu ſchlagen wußte, zu=
weilen ohne allzuviel Rückſicht auf das prieſterliche
Gewand.

„Hätte Lord Dumbello ſo Etwas beabſichtigt, ſo
hätte er geſchrieben oder einen Freund beauftragt, dies
zu thun,“ ſagte Miſtreß Grantly. „Es iſt wohl mög=
lich, daß er wieder loszukommen wünſcht, aber er wird
auf die Ehre ſeines Namens zu ſehr bedacht ſein, als
daß er ſich nicht bemühen ſollte, es mit Anſtand zu
thun.“

So ward die Sache beſprochen und erſchien Beiden
ſo wichtig, daß der Oberdecan beſchloß, ſofort nach
London zu reiſen. Daß Lord Dumbello nach Frank=
reich gegangen ſei, bezweifelte er nicht, doch hoffte er
in London Jemanden ausfindig zu machen, der die
Abſichten des jungen Mannes kannte und ihm vielleicht
ſagte, wann ſeine Rückkehr zu erwarten ſtände. Wenn
wirklich Grund zu Befürchtungen vorhanden war, ſo
wollte er dem Ausreißer auf den Continent nachfolgen,
aber nicht eher, als bis er ganz genaue Auskunft
erhalten hätte.

Lord Dumbello’s gegenwärtigen Verpflichtungen
gemäß war dieſer verbunden, im nächſten Monat

August in Plumstead zu erscheinen und sich mit Gri=
selda Grantly zu vermählen. Wenn er aber in dieser
Beziehung Wort hielt, so hatte Niemand das Recht,
ihn deßwegen zur Rede zu stellen, daß er mittlerweile
nach Paris gegangen war.

Allerdings würde die Mehrzahl der Bräutigame
unter diesen Umständen ihre Verlobten von dieser
Absicht in Kenntniß gesetzt haben; wenn aber Lord
Dumbello es anders machte, so hatte doch Niemand
ein Recht, ihm deßwegen zu zürnen.

Er war auch in andern Dingen nicht wie andere
Leute, ganz besonders in der Hinsicht, daß er der älteste
Sohn des Marquis von Hartletop war. Ein Tickler
mochte es geeignet finden, alle Wochen zu verkünden,
wo er sich aufhielte, der älteste Sohn eines Marquis
fand dies aber vielleicht für seine Verhältnisse unpas=
send und unbequem.

Nichtsdestoweniger hielt der Oberdecan es für
klug, die Reise nach London zu machen.

„Susanne," sagte er zu seiner Gattin, als er im
Begriff stand, aufzubrechen, und Keins von Beiden in
der rosigsten Laune war, „ich glaube, es wird gut
gethan sein, wenn Du Griselba einen Wink giebst."

„Sind Deine Befürchtungen wirklich so groß, daß
Du dies für nothwendig hältst?" sagte Mistreß Grantly.

Selbst sie aber wagte nicht, diesem Vorschlag eine
direct abschlägliche Antwort entgegenzusetzen, so sehr
war sie durch Das, was sie gehört, erschüttert worden.

„Ja, ich glaube, es wird gut sein, obschon Du
sie natürlich nicht mehr erschrecken wirst, als unum=
gänglich nothwendig ist," sagte der Oberdecan. „Die
Wucht des Streiches, wenn dieser ein Mal fallen soll,
wird dadurch wenigstens gemindert werden."

„Mich würde er tödten," sagte Mistreß Grantly,
„Griselda aber, glaube ich, wird im Stande sein, ihn
zu ertragen."

Am nächstfolgenden Morgen schickte sie sich unter
vielen schlauen Vorbereitungen an, die ihr von ihrem
Gatten gestellte Aufgabe zu lösen. Sie brauchte lange
Zeit dazu, denn sie ging, wie gesagt, sehr schlau und
vorsichtig zu Werke, endlich aber ließ sie wirklich eine
leise Hindeutung fallen, indem sie meinte, es sei die
Möglichkeit — nur die Möglichkeit — vorhanden,
daß eine Enttäuschung ihrer harre.

„Meinst Du, Mama, daß meine Verheirathung
jetzt nicht zu Stande komme?"

„Ich sage nicht, daß dem so sein werde — Gott
verhüte es! — ich sage blos, daß es möglich sei. Es
ist vielleicht von mir sehr unrecht, daß ich Dir dies
sage, aber ich weiß, Du bist verständig genug, um es

zu tragen. Papa ist nach London gereis't, und wir
werden bald von ihm hören."

„Aber dann, Mama, wird es gut sein, den
Näherinnen zu sagen, daß sie die Wäsche vor der
Hand noch nicht zeichnen sollen," entgegnete Griselda
ganz ruhig.

# Fünftes Kapitel.

---

## Lady Lufton's Bitte.

Die Gerichtsdiener erhielten diesen Tag ihre regel=
mäßigen Mahlzeiten und ihr Bier, welcher Zustand
der Dinge in Verbindung mit einem Mangel an aller
Verpflichtung, Inventarienverzeichnisse und dergleichen
aufzuathmen, nach meiner Ansicht das irdische Para=
dies für Gerichtsdiener sein muß.

Am nächstfolgenden Morgen nahmen sie, unter
vielen höflichen Redensarten und Entschuldigungen
wegen der von ihnen verursachten Störung, wieder
Abschied.

Es thäte ihnen sehr leid, sagten sie, einen Gentle=
man, der wirklich ein solcher sei, behelligt zu haben,

aber wie hätten sie als verpflichtete und geschworene Leute anders gekonnt?

Ich wüßte allerdings nicht, was man einer solchen Entschuldigung entgegenhalten könnte, aber dennoch möchte ich Allen, welche einen Beruf wählen, rathen, jeden Beruf zu meiden, welcher alle Augenblicke eine Entschuldigung, oder auch eine etwas heftige Behauptung des Rechts nöthig macht.

Meine jüngeren Leser werden vielleicht antworten, es falle ihnen nicht ein, Gerichtsdiener werden zu wollen; giebt es aber nicht andere verwandte Berufszweige, welchen sie vielleicht ihre Aufmerksamkeit zuwenden?

Am Abend dieses Tages, wo die ungebetenen Gäste sich wieder entfernten, erhielt Mark ein Billet von Lady Lufton, welche ihn auf diesem Wege ersuchte, den nächsten Morgen frühzeitig zu ihr zu kommen.

Unmittelbar nach dem Frühstück ging er demgemäß hinüber nach Framley Court.

Man kann sich denken, daß er in nicht besonders heiterer Gemüthsstimmung war, aber er fühlte die Wahrheit der Bemerkung Fanny's, daß der erste Sprung in's kalte Wasser stets der schlimmste sei.

Lady Lufton, setzte sie hinzu, sei nicht die Frau, die ihm seine Schmach fortwährend vorrücken würde, wie fürchterlich kalt auch die ersten Worte sein möchten, die sie darüber spräche.

Mark gab sich, als er das Zimmer der Lady betrat, große Mühe, seine gewöhnliche Miene und Haltung zu behalten und ihr mit seiner gewöhnlichen Unbefangenheit die Hand zum Gruße zu bieten, aber er wußte, daß ihm dies nicht gelang.

Ueberhaupt kann man sagen, daß kein guter Mensch, der einen Fehltritt begangen, die Schmach seines Falles tragen kann, ohne durch seine Mienen die Beschämung, die er im Herzen fühlt, zu verrathen. Kann er es, so hat er aufgehört, ein guter Mensch zu sein.

„Sie haben eine schlimme Geschichte durchzumachen gehabt," sagte Lady Lufton nach der ersten Begrüßung.

„Ja, allerdings," sagte er. „Besonders für die arme Fanny war es sehr traurig."

„Na, wir müssen Alle unsere Unglücksperioden haben und, wem keine schlimmeren beschieden sind, als diese, Der hat vielleicht noch von Glück zu sagen. Ich bin überzeugt, daß Fanny sich nicht zu eitlen Klagen hat hinreißen lassen, sondern standhaft gewesen ist."

„Wie ließe sich von Fanny etwas Anderes erwarten?"

„Was ich über diese ganze Sache Ihnen zu sagen habe, Mr. Robarts, ist Folgendes: Ich hoffe, Sie und mein Sohn haben nun mit schwarzen Schafen genug zu thun gehabt, um die Erinnerung daran Ihr Leben lang zu bewahren; denn daß Ihr ehemaliger Freund,

Mr. Sowerby, wirklich ein schwarzes Schaf ist, wer=
den Sie nun selbst nicht mehr in Abrede stellen."

Lady Lufton hätte unmöglich mit größerer Freund=
lichkeit die Sache erwähnen können, als indem sie so
Mark's Namen mit dem ihres Sohnes in Verbindung
brachte. Es ward dadurch der Zurechtweisung alle
Bitterkeit benommen, und der ganze Gegenstand ließ
sich nun ohne alle Schwierigkeit besprechen. Da aber
Mark sah, wie sanft und nachsichtig sie gegen ihn war,
so konnte er nicht umhin, sich selbst um so härter zu
beurtheilen.

„Ich habe sehr thöricht, sehr unrecht und sehr ge=
wissenlos gehandelt."

„Thöricht allerdings, das glaube ich, offen und
ein für alle Mal gesprochen, auch, Mr. Robarts, aber
sonst Nichts weiter. Ich hielt es für das Beste für
uns, wenn wir ein Wort darüber sprächen, und nun
schlage ich vor, daß wir die Sache niemals wieder er=
wähnen."

„Gott segne Sie, Lady Lufton," sagte Mark. „Ich
glaube, Niemand hat je eine so treue Freundin gehabt,
wie Sie sind."

Lady Lufton verhielt sich während dieser Unter=
redung sehr ruhig und sprach nicht mit der ihr sonst
so eigenthümlichen Lebhaftigkeit, denn diese Angelegen=
heit mit dem Vicar war nicht die einzige, welche sie

diesen Tag zu erledigen hatte, und vielleicht auch nicht die, deren Erledigung die leichteste war. Das ihr jetzt gespendete Lob ermuthigte sie jedoch ein Wenig, denn es war von der Art, wie sie es liebte. Sie hoffte und schmeichelte sich vielleicht, daß sie wirklich eine gute Freundin sei.

„Nun, dann müssen Sie meine Freundschaft dadurch ehren, daß Sie heute Abend zum Diner kommen und, natürlich Fanny mitbringen. Ich kann keine Entschuldigung annehmen, denn die Sache ist schon vollständig arrangirt. Ich habe einen ganz besondern Grund, es zu wünschen."

Diese letzten Worte setzte Lady Lufton hinzu, weil sie dem Vicar ansah, daß er eine Weigerung aussprechen wollte.

Die arme Lady Lufton! Ihre Feinde — denn selbst sie hatte Feinde — pflegten von ihr zu behaupten, daß eine Einladung zum Diner das Einzige sei, woran man ihre gute Laune erkenne. Ich möchte aber ihren Feinden die Frage vorlegen, ob diese Methode nicht eine eben so gute sei, als irgend eine andere.

Unter diesen Umständen konnte natürlich der Vicar nicht anders, als gehorchen und versprach, daß er sich mit seiner Gattin zum Diner einfinden würde.

Als er sich bald hierauf verabschiedet hatte, gab Lady Lufton Befehl, ihren Wagen vorfahren zu lassen.

Während dieser Vorgänge in Framley war Lucy Robarts immer noch in Hogglestock und pflegte die kranke Mistreß Crawley. Es ereignete sich Nichts, was sie hätte veranlassen müssen, nach Framley zurück=zukehren, denn derselbe Brief von Fanny, welcher ihr die Nachricht von der Ankunft der Philister brachte, enthielt auch zugleich die von ihrem Abzuge, während auch die Quelle genannt ward, aus welcher die Hülfe gekommen war.

„Aus diesem Grunde brauchst Du also nicht zu uns heimzukehren," sagte der Brief, „nichtsdestoweniger aber komm, sobald Du kannst, denn das ganze Haus ist ohne Dich öd und traurig."

Am Morgen nach dem Empfang dieses Briefes saß Lucy, wie sie dies jetzt zu thun pflegte, neben einem alten Lehnstuhl, welchen ihre Patientin seit einiger Zeit täglich auf einige Stunden mit dem Bett vertauschen konnte. Das Fieber war vorüber und Mistreß Craw=ley kam langsam wieder zu Kräften — sehr langsam und unter häufigen Ermahnungen des Arztes, daß jeder Versuch, allzuschnell gesund zu werden, sie wieder in einen Abgrund von Krankheit und häuslicher Un=thätigkeit stürzen würde.

„Ich glaube wirklich, morgen mein Hauswesen

wieder beforgen zu können," sagte sie, „und dann, liebe
Lucy, brauche ich Sie nicht länger Ihren Freunden zu
entziehen."

„Es scheint Ihnen wirklich viel daran zu liegen,
mich los zu werden," entgegnete Lucy. „Wahrscheinlich
hat Mr. Crawley sich wieder wegen der Sahne in
seinem Thee beschwert."

Mr. Crawley hatte nämlich ein Mal die Ueber=
zeugung ausgesprochen, daß verstohlenerweise tägliche
Zufuhren in das Haus gebracht würden, denn er habe
die Anwesenheit von Sahne anstatt der Milch in sei=
ner eigenen Tasse entdeckt.

Da Mr. Crawley jedoch schon seit mehreren Ta=
gen Grund gehabt hätte, diese Entdeckung zu machen,
so war dieser ganze Fall nicht geeignet, Lucy eine
höhere Meinung von seinem Scharffinn beizubringen.

„Ach, Sie sollten nur hören, wie er von Ihnen
spricht, wenn Sie den Rücken wenden," sagte Mistreß
Crawley.

„Und wie spricht er denn von mir? Ich weiß,
daß Sie nicht den Muth haben würden, mir Alles zu
sagen."

„Nein, den habe ich auch nicht, denn Sie würden
nicht glauben, daß Jemand, der so aussieht, wie mein
Mann, so Etwas sagen könnte. Er sagt, wenn er
ein Mal ein Gedicht über die Natur und das Wesen

der Frauen schriebe, er Sie zur Heldin desselben ma=
chen würde."

„Mit einer Rahmkanne in der Hand, oder im
Begriff, Hembenknöpfe anzunähen."

„Er sagte, Sie wären ein Engel."

„Ach, Gott stehe mir bei!"

„Ein hülfreicher Engel. Und der sind Sie auch
gewesen. Ich freue mich fast, krank gewesen zu sein,
weil ich Sie zur Freundin gehabt habe."

„Aber dieses Glück hätten Sie genießen können,
ohne erst das Fieber zu bekommen."

„Nein, gewiß nicht. In meinem ganzen Ehe=
stand habe ich mir keine Freunde erworben, als bis
meine Krankheit Sie zu mir führte, auch würde ich
ohne dieselbe Sie niemals richtig kennen gelernt
haben. Wie sollte ich überhaupt Jemand kennen
lernen?"

„Nun aber werden Sie es, Mistreß Crawley.
Versprechen Sie mir es. Nicht wahr, sobald Sie voll=
kommen wieder gesund sind, besuchen Sie uns in Fram=
ley? Versprochen haben Sie es bereits, wie Sie wissen."

„Sie nahmen mir dieses Versprechen ab, als ich
zu schwach war, mich zu weigern."

„Und nun werde ich Sie zwingen, es zu halten.
Mr. Crawley wird auch mitkommen, wenn er Lust hat,
Sie aber müssen kommen, mag er nun Lust haben,

ober nicht. Sagen Sie mir kein Wort von Ihren
alten Kleidern. Alte Kleider kann man in Framley
eben so gut tragen, als in Hogglestock."

Aus all' Diesem geht hervor, daß Mistreß Craw=
ley und Lucy Robarts während des Pflegeramtes der
Letzteren sehr intime Freundinnen geworden waren,
wie zwei Frauen stets werden, ober wenigstens werden
sollten, wenn sie wochenlang mit einander in einem
und demselben Zimmer eingeschlossen sind.

Die Conversation war noch im besten Gange, als
plötzlich draußen auf der Straße das Rasseln von
Wagenrädern sich vernehmen ließ.

Es war keine Heerstraße, die an dem Hause vor=
überführte, und es geschah daher nur selten, daß ein
Wagen vorbei kam.

„Das ist gewiß Fanny," sagte Lucy, sich von ih=
rem Stuhl erhebend.

„Es sind aber zwei Pferde," sagte Mistreß Craw=
ley mit dem eigenthümlich scharfen Gehör, welches man
so oft an Kranken bemerkt, „und das Geräusch ist auch
nicht das der Ponnychaise."

„Nein, es ist eine große Equipage," sagte Lucy,
welche mittlerweile an's Fenster geeilt war. „Sie macht
hier Halt. Es muß Jemand von Framley Court
sein, denn ich kenne den Diener.

Sie erröthete, indem sie dies sagte, bis in die Stirn hinauf.

„Ist es nicht vielleicht Lord Lufton?" dachte sie bei sich selbst und vergaß für den Augenblick, daß Lord Lufton nicht in einem geschlossenen Wagen mit einem dicken Lakai hinten darauf in der Nachbarschaft herumfahren würde.

So vertraut sie auch mit Mistreß Crawley geworden, so hatte sie dieser doch in Bezug auf ihre Liebesangelegenheit keine Mittheilungen gemacht.

Der Wagen hielt, der Lakai stieg ab, und Niemand ertheilte ihm aus dem Innern des Wagens heraus einen Befehl.

„Wahrscheinlich bringt er Etwas von Framley," sagte Lucy, die fortwährend Sahne und dergleichen Dinge im Kopfe hatte, denn Sahne und dergleichen Dinge waren während ihres Verweilens hier mehr als ein Mal von Framley Court gekommen.

Das Geheimniß klärte sich jedoch bald theilweise auf, oder ward in anderer Beziehung noch räthselhafter.

Die rotharmige kleine Dirne welche von ihrer ängstlichen Mutter bei Mistreß Crawley's Erkranken nach Hause geholt worden, war wieder auf ihren Posten zurückgekehrt und trat in diesem Augenblick mit scheuer Miene in's Zimmer, indem sie erklärte,

Miß Robarts solle sofort zu der vornehmen Dame in den Wagen kommen.

„Das ist jedenfalls Lady Lufton," sagte Mistreß Crawley.

Lucy gerieth über diese Meldung in so große Aufregung, daß es ihr geradezu unmöglich war, auch nur ein Wort zu sprechen.

Warum kam Lady Lufton hierher nach Hogglestock, und warum wollte' sie Lucy Robarts im Wagen sprechen? War nicht Alles zwischen ihnen erledigt? Und dennoch!

Lucy konnte in dem Augenblick, der ihr zum Nachdenken vergönnt war, nicht erörtern, was das wahrscheinliche Ergebniß einer solchen Unterredung sein werde. Ihr stärkstes Gefühl war der Wunsch, diese Unterredung vor der Hand hinauszuschieben.

Die rotharmige kleine Dirne wollte dies jedoch nicht gestatten.

„Sie sollen sogleich kommen," sagte sie.

Und Lucy stand, ohne ein Wort gesprochen zu haben, auf und verließ das Zimmer. Sie ging die Treppe hinab, die kleine Hausflur entlang und durch den kleinen Garten — mit festen Schritten, aber kaum wissend, wohin sie ging und weßhalb.

Ihre Geistesgegenwart und Selbstbeherrschung hatte sie vollständig verlassen. Sie wußte, daß sie

nicht im Stande war, zu sprechen, wie sie sollte. Sie
fühlte, daß sie ihr gegenwärtiges Benehmen später be=
reuen würde, aber dennoch konnte sie sich nicht bemei=
stern. Warum kam Lady Lufton zu ihr hierher?

Dennoch ging sie weiter, und der große dicke
Lakai hielt die Wagenthür geöffnet. Fast ohne zu
wissen, was sie that, stieg sie in den Wagen hinein
und sah sich einen Augenblick später Lady Lufton ge=
genübersitzen.

Diese wußte, die Wahrheit zu gestehen, ebenfalls
nicht recht, wie sie ihren Operationsplan durchführen
sollte. Die Verpflichtung, das erste Wort zu sprechen,
ruhte jedoch augenscheinlich auf ihr, und nachdem sie
daher Lucy's Hand ergriffen hatte, hob sie an.

„Miß Robarts," sagte sie, „mein Sohn ist wieder
da. Ich weiß nicht, ob Sie davon unterrichtet sind."

Sie sprach in leisem, sanftem Tone, aber Lucy
war viel zu verlegen, als daß sie dies bemerkt und be=
obachtet hätte.

„Nein, ich bin nicht davon unterrichtet," antwor=
tete sie.

Fanny hatte es ihr in ihrem Briefe allerdings
gemeldet, aber Lucy wußte jetzt kein Wort mehr davon.

„Ja, er ist wieder da. Er ist in Norwegen ge=
wesen — auf dem Fischfang.

„Ja," sagte Lucy.

„Sie wissen wohl noch, was zwischen uns ge=
sprochen ward, als Sie vor nicht langer Zeit bei mir
in meinem kleinen Cabinet in Framley Court waren?"

Lucy, welche innerlich erbebte — sie zittere
sichtbar an allen Gliedern — antwortete schüchtern,
sie wisse es allerdings noch. Wie kam es, daß sie
damals so kühn gewesen, und daß sie jetzt so erbärm=
lich feig war?

„Wohlan, liebes Kind, Alles was ich Ihnen da=
mals sagte, hat seinen Grund darin, daß ich glaubte,
es sei zu unser Aller Bestem. Jedenfalls werden Sie
mir nicht zürnen, daß ich meinen Sohn mehr liebe,
als irgend einen andern Menschen."

„O nein," sagte Lucy.

„Er ist der beste Sohn und der beste Mensch,
und ich bin überzeugt, daß er auch der beste Gatte
sein wird."

Lucy sah oder fühlte vielmehr instinktmäßig, daß
der Lady, indem sie dies sagte, die Thränen in den
Augen standen. Was sie selbst betraf, so war sie wie
geblendet und wagte nicht, die Augen emporzuheben,
oder den Kopf zu wenden. Was die Aeußerung auch
nur eines Lautes betraf, so war diese ganz außer
Frage.

„Und nun bin ich hierher gekommen, Lucy, um
Sie zu bitten, sein Weib zu werden."

Lucy war vollkommen überzeugt, daß sie diese
Worte hörte. Sie schlugen ganz deutlich an ihr Ohr
und ließen in ihrem Gehirn den wichtigen Sinn zu=
rück, aber dennoch war sie nicht im Stande, sich zu be=
wegen oder durch irgend ein Zeichen zu verstehen zu
geben, daß sie diese Worte verstand.

Es kam ihr vor, als wäre es ungroßmüthig von
ihr, eine solche Handlungsweise zu benutzen, und ein
mit so großer Selbstverleugnung gemachtes Anerbieten
anzunehmen.

Sie hatte im ersten Augenblick nicht Zeit, auch
nur an das Glück ihres Geliebten, abgesehen von
ihrem eigenen, zu denken; sie dachte nur an die Größe
des ihr gemachten Zugeständnisses.

Als sie Lady Lufton zum Schiedsrichter ihres
Schicksals gemacht, hatte sie die Frage ihrer Liebe als
zu ihren Ungunsten entschieden betrachtet. Sie hatte
sich außer Stand gefühlt, Lady Lufton's Schwieger=
tochter zu sein, während sie sich vielleicht von ihr ver=
achten lassen müßte, und deßhalb hatte sie das Spiel
aufgegeben.

Sie hatte das Spiel aufgegeben und sich — in
so weit es ein Opfer sein konnte — geopfert. Sie
hatte sich fest vorgenommen, ihrem Worte treu zu blei=
ben, aber niemals hatte sie sich erlaubt, es für mög=

lich zu halten, daß Lady Lufton sich in die von ihr, Lucy, gestellten Bedingungen fügen würde.

Und dennoch war dies der Fall, denn sie hörte deutlich die Worte:

„Und nun bin ich hierher gekommen, Lucy, um Sie zu bitten, sein Weib zu werden."

Wie lange so die Beiden schweigend einander gegenüber saßen, kann ich nicht sagen. Nach Minuten gezählt, würde die Zeit sich wahrscheinlich nicht auf viele belaufen haben. Einer Jeden aber kam die Zeitdauer als eine beträchtliche vor. Während Lady Lufton sprach, hatte sie Lucy's Hand ergriffen, und hielt dieselbe noch jetzt fest und versuchte, Lucy in's Gesicht zu blicken, was ihr aber nicht gelang, so tief war es gesenkt.

Auch waren Lady Lufton's Augen nicht vollkommen trocken.

Auf ihre Frage erfolgte keine Antwort, und nach einer Weile ward es daher nothwendig, daß sie wieder sprach.

„Soll ich zu ihm zurückkehren, Lucy, und ihm sagen, daß irgend ein anderer Einwand besteht — abgesehen von der unfreundlichen alten Mutter? — vielleicht ein Hinderniß, welches sich nicht so leicht beseitigen läßt?"

„Nein," sagte Lucy, und dies war Alles, was sie in diesem Augenblicke sagen konnte.

„Nun, was soll ich ihm denn sagen?" fragte Lady Lufton. „Soll ich Ja sagen, einfach Ja?"

„Einfach Ja," sagte Lucy.

„Und was die unfreundliche alte Mutter betrifft, welche ihren Sohn für etwas zu Kostbares hält, als daß sie sich auf das erste Wort von ihm hätte trennen können — haben Sie dieser Nichts sagen zu lassen?"

„O, Lady Lufton!"

„Soll kein Wort der Vergebung ausgesprochen, kein Zeichen der Zuneigung gegeben werden? Soll sie immer als mürrisch und unfreundlich, lästig und un= angenehm betrachtet werden?"

Lucy wendete langsam das Gesicht herum und blickte in die Augen der Lady empor. Obschon sie noch nicht im Stande war, von Zuneigung zu spre= chen, konnte sie doch ihren Augen den Ausdruck der Liebe geben und auf diese Weise ihrer künftigen Mutter Alles versprechen, was verlangt ward.

„Lucy, liebe Lucy, Du bist mir von nun an sehr theuer," sagte Lady Lufton, und im nächsten Augenblick umarmten und küßten sie einander.

Lady Lufton befahl nun ihrem Kutscher, eine kurze Strecke lang die Straße auf= und abzufahren, während sie ihre nothwendige Conversation mit Lucy beendete.

Anfangs wollte sie die nunmehrige Braut ihres Sohnes diesen Abend mit zurück nach Framley neh= men, indem sie zugleich versprach, sie den folgenden Morgen wieder zu Mistreß Crawley zurückzusenden, bis ein Arrangement auf die Dauer getroffen werden könnte, worunter Lady Lufton die Annahme einer or= dentlichen Krankenwärterin anstatt ihrer künftigen Schwiegertochter verstand, denn Lucy Robarts war in ihren Augen nun mit Attributen begabt, welche es unangemessen erscheinen ließen, daß sie als dienende Person an Mistreß Crawley's Bett säße.

Lucy wollte aber nicht diesen Abend nach Fram= ley zurückkehren und auch am nächsten Morgen noch nicht. Sie wünschte vielmehr, daß Fanny nach Hoggle= stock käme, dann wollte sie sich mit dieser wegen der Heimkehr besprechen.

„Aber, liebe Lucy, was soll ich zu Ludovic sagen? fragte Lady Lufton. „Wenn er selbst hierherkäme, würde er Dich doch wohl in Verlegenheit bringen."

„Ja wohl, Lady Lufton, ich bitte, sagen Sie ihm, er solle ja nicht kommen."

„Und ist dies Alles, was ich ihm sagen soll?"

„Sagen Sie ihm — sagen Sie ihm — er wird gar nicht verlangen, daß Sie Etwas sagen sollen —

ich möchte blos jetzt einen Tag ruhig und ungestört bleiben, Lady Lufton."

„Nun gut, Lucy, Du sollst ungestört bleiben — übermorgen denn. Länger aber können wir Dich nicht entbehren, denn nun wirst Du zu Hause gebraucht. Ludovic würde es sehr hart finden, wenn Du so nahe wärest, und er Dich noch nicht sehen dürfte. Es giebt auch noch Jemanden, der Dich gern wird sehen wollen. Dieser Jemand bin ich, denn ich werde mich sehr un= glücklich fühlen, Lucy, wenn ich Dich nicht lehren kann, Liebe zu mir zu fassen."

Zum Glück fand Lucy Stimme genug, um einige Versprechungen zur Antwort hierauf zu geben.

Und dann ward sie an dem kleinen Gartenpfört= chen aus dem Wagen abgesetzt, und Lady Lufton fuhr nach Framley zurück.

Ich möchte wissen, ob der Lakai, als er Lucy den Schlag öffnete, ahnte, daß er diesen Dienst seiner künf= tigen Herrin erzeige. Ich glaube, daß er es ahnte, denn diese Leute wissen in der Regel Alles, und die eigenthümliche Artigkeit seines Benehmens, wäh= rend er den Tritt herumschlug, war höchst auf= fällig.

Lucy war fast geradezu außer sich, als sie wieder die Treppe hinaufging, denn sie wußte nicht, was sie

thun, oder wie sie blicken und mit welchen Worten sie
sprechen sollte.

Es geziemte ihr, daß sie sofort in Mistreß Craw=
ley's Zimmer ginge, und dennoch sehnte sie sich, allein
zu sein. Sie wußte, daß sie eben so unfähig war,
ihre Gedanken zu verbergen, als dieselben auszu=
sprechen.

Auch wünschte sie in dem gegenwärtigen Augen=
blick nicht, mit Jemanden über ihr Glück zu sprechen.
Fanny wäre die Einzige gewesen, der sie ihr Herz so=
fort ausgeschüttet hätte, aber diese war nicht da.

Sie ging jedoch ohne Zeitverlust in Mistreß
Crawley's Zimmer und sagte mit jenem hastigen Eifer,
welcher Leuten, welche wissen, daß sie verlegen sind,
eigen zu sein pflegt, sie fürchte, sie sei sehr lange weg=
gewesen.

„Und war es Lady Lufton?" fragte Mistreß
Crawley.

„Ja, es war Lady Lufton."

„Aber ich habe ja gar nicht gewußt, daß Sie mit
der Lady so befreundet sind, Lucy!"

„Sie hatte mir etwas ganz Besonderes zu sagen,"
entgegnete Lucy, die Frage umgehend und indem sie
Mistreß Crawley's Augen mied, und dann setzte sie
sich auf ihren gewöhnlichen Platz.

„Es war doch nichts Unangenehmes?"

„O nein, etwas Unangenehmes war es durchaus
nicht. Ich will es Ihnen ein ander Mal sagen, Mi=
streß Crawley, aber bitte, fragen Sie mich nicht jetzt."

Und nachdem sie dies gesagt, stand sie auf und
entschlüpfte, denn es war für sie unbedingt nothwen=
dig, allein zu sein.

Als sie ihr Zimmer erreichte — das, in welchem
gewöhnlich die Kinder schliefen — machte sie eine große
Anstrengung, sich zu fassen, obschon nicht mit sonder=
lichem Erfolg.

Sie holte ihre Schreibmappe hervor, um, wie sie
zu sich selbst sagte, an Fanny zu schreiben, obschon sie
mußte, daß der Brief, wenn er geschrieben wäre, wieder
vernichtet werden würde; aber sie war nicht im Stande,
auch nur ein Wort zu formen. Ihre Hand war un=
sicher, ihre Augen umflort und ihre Gedanken unstät.
Sie konnte blos sitzen und denken, und sich wundern
und hoffen. Dann und wann trocknete sie sich die
Thränen und fragte sich selbst, warum ihre gegenwär=
tige Gemüthsstimmung so peinlich sei.

Während der letzten zwei oder drei Monate hatte
sie keine Furcht vor Lord Lufton empfunden, sich stets
wie seines Gleichen geberdet, und war ganz besonders
im Stande gewesen, dies zu thun, als er ihr im Pfarr=
hause seine Erklärung machte. Jetzt dagegen sah sie
dem ersten Augenblick, wo sie ihn wieder erblicken

würde, mit einer unbestimmten Furcht und Bangigkeit entgegen.

Und dann dachte sie an einen gewissen Abend, den sie in Framley Court zugebracht, und gestand sich selbst, daß ein gewisses Vergnügen darin läge, darauf zurückzublicken.

Griselda Grantly war damals zugegen, und alle constitutionellen Gewalten der beiden Familien thätig gewesen, um ein Liebesverhältniß zwischen der Tochter des Oberdecans und Lord Lufton zu erleichtern und zu fördern.

Lucy hatte dies Alles gesehen und verstanden, ohne zu wissen, daß sie es verstand, und der Anblick hatte ihr in einem gewissen Grade Schmerz bereitet. Sie hatte sich abgesondert, ohne sich zu beklagen, und war sich ihrer Mängel bewußt, obschon sie gleichzeitig sich in ihren Gedanken beinahe rühmte, daß sie in ihrer Art ihrer Nebenbuhlerin dennoch überlegen sei.

Und auf ein Mal hatte Lord Lufton hinter ihrem Stuhl gestanden, ihr zugeflüstert und die ersten freund= lichen Worte mit ihr gesprochen, und sie hatte beschlos= sen, seine Freundin zu sein — seine Freundin, selbst wenn Griselda Grantly sein Weib würde.

Was diese Entschlüsse werth waren, war ihr bald offenkundig geworden. Sie hatte sehr bald sich das Ergebniß dieser Freundschaft gestanden und sich vorgenommen, ihre Strafe muthig zu tragen. Nun aber —

So saß sie ungefähr eine Stunde und wäre gern den ganzen Tag so sitzen geblieben. Da dies aber nicht geschehen konnte, so stand sie auf und kehrte, nachdem sie Gesicht und Augen gewaschen, in Mistreß Crawley's Zimmer zurück.

Hier traf sie auch den mittlerweile heimgekehrten Mr. Crawley an, worüber sie sich freute, denn sie wußte, daß, so lange er da wäre, keine Fragen an sie gerichtet werden würden.

Er war stets sehr freundlich gegen sie und begegnete ihr mit einer gewissen steifförmigen Höflichkeit — ausgenommen, wenn er durch sein Pflichtgefühl veranlaßt ward, sie in Bezug auf die Beschaffung von Lebensmitteln eines Mangels an Wahrheitsliebe zu beschuldigen — aber er war nie mit ihr so vertraut geworden, wie seine Gattin, und es war gut für Lucy, daß dies nicht der Fall war, denn sie wäre jetzt nicht im Stande gewesen, über Lady Lufton zu sprechen.

Am Abend, als alle Drei wieder beisammen waren, machte sie es doch möglich, zu sagen, daß sie ihre Schwägerin für den nächstfolgenden Tag erwarte.

„Wir werden uns nur mit dem tiefsten Bedauern von Ihnen trennen, Miß Robarts," sagte Mr. Crawley, „aber unter keiner Bedingung würden wir Sie hier noch länger zurückhalten. Meine Frau kann sich nun ohne Sie behelfen. Was aus uns aber geworden wäre, wenn Sie sich unser nicht angenommen hätten, das weiß Gott."

„Ich habe nicht gesagt, daß ich fort will," sagte Lucy.

„Aber Sie werden fortgehen," sagte Mistreß Crawley. „Ja, meine werthe Miß Robarts, Sie werden fortgehen. Ich weiß, daß dies nun an der Zeit ist. Wir wollen Sie gar nicht länger dabehalten. Und die armen guten Kinder mögen nun wieder kommen. Wie soll ich Mistreß Robarts für Alles danken, was sie an uns gethan hat?"

Es ward demgemäß besprochen, daß, wenn Fanny den nächstfolgenden Tag käme, Lucy mit ihr nach Hause zurückkehren sollte, und dann nach der langen Nachtwache — denn in dieser letzten Nacht verließ Lucy das Bett ihrer neuen Freundin erst lange, nachdem die Morgendämmerung angebrochen war — erzählte sie Mistreß Crawley, welches Loos ihr für's Leben beschieden sei.

Für sie selbst schien in ihrer neuen Stellung nichts Seltsames oder Ungewohntes zu liegen, der armen Mistreß Crawley aber kam es wunderbar vor, daß sie die künftige Gemahlin eines Lords an ihrem Bett sitzen sah, daß diese ihr den Becher zum Trinken

reichte und ihr den Pfühl glatt strich, damit sie recht
sanft ruhen möge. Es war seltsam, und sie war
kaum im Stande, die seitherige Vertraulichkeit beizube=
halten.

Lucy fühlte dies augenblicklich.

„Die so plötzlich veränderten Umstände," sagte sie
eifrig, „dürfen zwischen uns durchaus keinen Unter=
schied machen, versprechen Sie mir dies."

Das Versprechen ward natürlich gegeben, aber
es war nicht möglich, daß es auch gehalten würde.

Sehr früh am nächstfolgenden Morgen — so
früh, daß sie dadurch aus ihrem ersten Schlafe geweckt
ward — kam ein Brief an sie aus dem Pfarrhause.
Fanny hatte denselben nach ihrer Rückkehr von Lady
Lufton's Diner geschrieben.

Der Brief lautete:

„Meine gute, liebe Lucy,

„Wie soll ich Dir genugsam Glück und Freude
wünschen? Ach, wie froh und glücklich fühle ich mich
selbst! Ich schreibe Dir hauptsächlich, um Dir zu
melden, daß ich morgen gegen zwölf Uhr zu Dir hin=
überkommen werde, und daß Du dann mit mir hier=

her zurückkehren mußt. Wenn ich Dich nicht abhalte, so würde es wahrscheinlich Jemand anders thun, der bei Weitem nicht so zuverlässig ist, wie ich."

Obschon dies aber, wie Fanny selbst sagte, der Haupttheil des Briefes sein sollte und es dem Inhalt nach vielleicht auch wirklich war, so war er doch, was den Raum betraf, dies nicht. Der Brief war sehr lang, denn Fanny hatte daran geschrieben bis nach Mitternacht.

„Von Ludovic will ich Nichts sagen," schrieb Fanny weiter, nachdem sie zwei Seiten lang von ihm erzählt, „sondern Dir lieber mittheilen, wie schön seine Mutter sich benommen hat. Du wirst selbst gestehen, daß sie eine gute, herrliche Frau ist."

Lucy hatte sich dies seit dem gestrigen Besuche schon mehr als hundert Mal selbst gestanden und er= klärte später, daß sie niemals daran gezweifelt habe.

„Als wir von dem Diner in den Salon traten, überraschte sie uns durch die Mittheilung, daß sie bei Dir in Hogglestock gewesen," hieß es in dem Briefe weiter. „Lord Lufton konnte natürlich das Geheimniß nicht bewahren, sondern platzte sofort damit heraus. Ich kann Dir nicht sagen, wie er Alles erzählte, aber Du wirst, wie ich überzeugt bin, glauben, daß er es auf die bestmögliche Weise that. Er ergriff mich bei der Hand und drückte mir dieselbe ein halbes Dutzend Mal, und ich glaubte, er werde noch etwas Anderes thun, aber er that es nicht, und Du brauchst daher nicht eifersüchtig zu sein. Gegen Mark war Lady Lufton im höchsten Grade liebenswürdig, sprach sich über Dich sehr lobend aus und rühmte Deinen Vater. Ihr Sohn schalt sie heftig aus, daß sie Dich nicht gleich mitgebracht habe. Er sagte, es sei dies im höch= sten Grade zu beklagen, aber gleichwohl sah ich, mit welcher Liebe und mit welchem Danke er anerkannte, was sie gethan, und sie sah es auch, denn ich kenne ihre Art und Weise und weiß, daß sie sich sehr über ihn freute. Den ganzen Abend konnte sie kein Auge von ihm verwenden, und ich muß gestehen, daß er selbst mir noch nie so hübsch und liebenswürdig erschienen war.

„Und dann, während Lord Lufton und Mark im Speisezimmer waren, wo sie fürchterlich lange blieben, machte die Lady mit mir die Runde durch das Haus, um mir Deine Zimmer zu zeigen und mir zu erklä= ren, wie Du hier künftig Herrin sein würdest. Sie hat Alles ganz vortrefflich eingerichtet, und ich bin überzeugt, daß sie schon seit Jahren daran gedacht hat. Ihre größte Furcht ist gegenwärtig, daß ihr Sohn nach seiner Vermählung mit Dir Framley Court verlassen und Schloß Lufton beziehen werde. Wenn Du aber nur einen Funken von Dankbarkeit gegen sie oder mich hegst, so wirst Du Deinem künftigen Gatten nicht erlauben, bies zu thun. Ich tröstete sie, indem ich sagte, daß Schloß Lufton zur Zeit in noch ganz unbewohnbarem Zustande sei, und ich glaube, es ist dies auch der Fall. Ueberdies höre ich von Allen, welche diesen Ort kennen, daß es der häßlichste sei, den man sich denken könne. Mit Thränen in den Augen setzte sie hinzu, wenn Ihr in Framley bliebet, so wolle sie Euch in allen Dingen den Willen thun. Ich glaube wirklich, sie ist die beste Frau, die je gelebt hat."

Das, was wir hier aus diesem Briefe mitgetheilt haben, machte einen nur kleinen Theil desselben aus, umfaßt aber Alles, was wir zu wissen brauchen.

Schlag zwölf Uhr erschien Puck, der Pony, mit Fanny und Grace Crawley, welche Letztere von Ersterer nach Hause zurückgebracht ward, weil sie hier nun zu allerlei Dienstleistungen verwendet werden konnte.

Vertrauliche Mittheilungen konnten augenblicklich nicht gemacht werden, denn Mr. Crawley war da, um

von Lucy Abschied zu nehmen, und man hatte ihn von
dem künftigen Schicksale seines seitherigen Gastes noch
nicht in Kenntniß gesetzt. Sie konnten daher nur
die Hände drücken und sich umarmen, was für Lucy
beinahe eine Herzenserleichterung war, denn selbst ge=
gen ihre Schwägerin hätte sie sich kaum offen über
diesen Gegenstand auszusprechen vermocht.

„Möge Gott der Allmächtige Sie segnen, Miß
Robarts," sagte Mr. Crawley, während er in seinem
dumpfigen Wohnzimmer stand und sich bereit machte,
sie aus dem Hause bis an den Wagen zu geleiten.
„Sie haben Sonnenschein in dieses Haus gebracht,
selbst zur Zeit der Krankheit, wo kein Sonnenschein
war, und er wird Sie segnen. Sie sind der barm=
herzige Samariter gewesen, Sie haben unsere Wunden
verbunden und Oel und Balsam darein geträufelt.
Der Mutter meiner Kinder haben Sie das Leben zu=
rückgegeben, und mir haben Sie Licht, Trost und sanfte
Worte gespendet und mein Gemüth so heiter gemacht,
wie es noch nie gewesen ist. Alles dies ist von der
Liebe gekommen, welche sich nicht rühmt, welche sich
nicht blähet. Glaube und Hoffnung sind groß und
schön, aber die Liebe übertrifft sie alle."

Und nachdem er dies gesagt, ging er, anstatt sie

hinaus zu geleiten, in ein Nebenzimmer, um die ihn überwältigende Rührung zu verbergen.

Wie Puck sich benahm, als Fanny mit ihm zurück nach Framley fuhr, und wie die beiden Damen in dem Wagen sich benahmen — hierüber ist vielleicht nicht nöthig, weiter Etwas zu sagen.

———

# Sechstes Kapitel.

---

## Die Nemesis.

Trotz aller dieser erfreulichen Mittheilungen dür=
fen wir aber nicht vergessen, daß die Nemesis sehr sel=
ten verfehlt, einen Uebelthäter zu ereilen, obschon sie
zuweilen einen lahmen Fuß, und obschon der Uebel=
thäter möglicherweise einen bedeutenden Vorsprung vor
ihr hat.

In dem vorliegenden Falle war der Uebelthäter
unser unglücklicher Freund Mark Robarts. Er hatte
vorsätzlich Pech angegriffen, er war nach Gatherum
Castle gegangen, er hatte Fuchsjagden mitgemacht und
war unklugerweise unter die Tozers gerathen.

Das Werkzeug, dessen die Nemesis sich bediente,
war Mr. Tom Towers, der uns bereits bekannte Re=

dacteur des „Jupiter‘ und die furchtbarste Geißel, welche der gefürchteten Göttin damals zu Gebote stand.

Vor allen Dingen muß ich jedoch eine kleine Conversation, welche zwischen Lady Lufton und Mr. Robarts stattfand, wenn auch nicht ausführlich erzäh= len, doch erwähnen.

Der Vicar fand es in Ordnung, mit der Lady noch einige Worte in Bezug auf ihre Geldangelegen= heit zu sprechen. Er könne, sagte er, nicht umhin, zu fühlen, daß er jene Pfründe aus Mr. Sowerby’s Hän= den empfangen, und unter diesen Umständen und in Erwägung alles Geschehenen könne er, so lange er diese Pfründe inne habe, in seinem Gemüth nicht ruhig sein. Was er im Begriff stände, zu thun, würde allerdings seine schließliche Ausgleichung mit Lord Lufton bedeutend hinausschieben, dieser aber werde ihm dies hoffentlich verzeihen und mit der Angemessen= heit Dessen, was er zu thun im Begriff stände, ein= verstanden sein.

Anfangs wollte Lady Lufton auf die Ansichten des Vicars nicht eingehen. Jetzt, wo ihr Sohn im Begriff stand, die Schwester eines Geistlichen zu hei= rathen, erschien es wünschenswerth, daß dieser Geist= liche wenigstens höherer Würdenträger sei, und eben so wünschenswerth konnte es erscheinen, daß ein Mann, der zu ihrem Sohn in so naher Beziehung stand, in seinen Finanzen so gut als möglich situirt sei. Dabei zeigte sich ja auch in der Ferne eine Möglichkeit noch hö̈herer geistlicher Ehren für den Schwager eines Lord, und die oberste Sprosse der Leiter läßt sich alle Mal leichter erreichen, wenn man schon eine oder zwei erstiegen hat.

Als ihr jedoch die Sache vollständig auseinander gesetzt worden, als sie die Umstände, unter welchen die Pfründe verliehen worden, deutlich durchschaute, gab sie selbst zu, daß es für Mark Robarts das Beste sein würde, wenn er darauf verzichtete.

Und es war ein Glück für Alle in Framley, daß man diesen Entschluß faßte, ehe noch die Geißel der Nemesis geschwungen ward. Die Nemesis behauptete allerdings, ihre Geißel habe eben diese Verzichtleistung herbeigeführt, aber man wußte allgemein, daß dies grundlose Prahlerei war, denn allen Geistlichen in Barchester war bekannt, daß die Pfründe dem Kapitel, oder mit andern Worten, den Händen der Regierung zurückgegeben worden, ehe noch Tom Tower's die ver= hängnißvolle Peitsche über seinem Haupte hatte wir= beln lassen. Die Art und Weise aber, auf welche er wirbelte, war folgende:

„Nur mit Mühe," hieß es in dem betreffenden Artikel des ‚Jupiter,‘ „behauptet die Kirche von Eng=

land in dem gegenwärtigen Augenblick unter den religiösen Secten unseres Landes das Uebergewicht, welches sie so laut für sich in Anspruch nimmt. Vielleicht liegt der Grund, daß ein gewisser Grad von allgemeinem Anerkenntniß dieses Uebergewichts sich noch geltend macht, mehr in einer hergebrachten, von der Zeit geheiligten Anhänglichkeit der Verehrer und Freunde dieser Kirche, als in einem dieser selbst inwohnenden Verdienst. Wenn aber die Patrone und geistlichen Mitglieder der Kirche dreist genug sind, alle Regeln einer anständigen Handlungsweise aus den Augen zu setzen, so glauben wir voraussagen zu können, daß jene ritterliche Gesinnung bald in den Hintergrund treten wird. Fortwährend sehen wir Beispiele von solcher Unklugheit und wundern uns über die Thorheit Derer, von welchen man glaubt, die Staatskirche sei Gegenstand ihrer ungeheuchelten Verehrung.

„Zu den Stellungen würdevoller Ruhe, wozu vom Glück begünstigte Geistliche befördert werden können, gehören die Pfründen unserer Kathedralen. Einige davon sind bekanntlich mit nur wenig oder gar keinen Einkünften verbunden, andere dagegen sind in dieser Beziehung sehr reichlich bedacht. Es gehören dazu schöne, große und bequeme Wohnhäuser, mit, wir wissen selbst nicht was für häuslichen Privilegien, und überdies baare Einkünfte, die in angemessener Weise vertheilt, das Herz mancher mit schwerer Arbeit belasteten geistlichen Sclaven erfreuen würden.

„Die Reform hat sich auch auf diesem Felde thätig bewiesen, indem sie an den Gehalt eine gewisse Thätigkeit geknüpft und die mit allzureichlichen Einkünften ausgestatteten Stellen ein Wenig beschnitten hat.

„Dennoch ist die Reform hierbei immer noch sehr nachsichtig zu Werke gegangen, denn sie hat anerkannt, daß es gut sei, dergleichen mit bequemer und würdevoller Zurückgezogenheit vereinbarte Aemter für Leute, die sich in ihrem Berufe müde gearbeitet, zur Verfügung zu haben.

„In der letzten Zeit hat sich ein gewisser Hang zur Ernennung junger Bischöfe geltend gemacht, indem man vielleicht von der Ansicht ausgeht, daß ein Bischof ein zu wirklich angestrengter Thätigkeit fähiger Mann sein müsse; daß aber junge Pfründner wünschenswerth seien, davon haben wir bis jetzt noch nie gehört. Ein zu einem solchen Amte ausersehener Geistlicher muß, wie wir immer geglaubt haben, durch einen langen Tag der Arbeit einen Abend der Ruhe verdient haben und vor allen Dingen ein Mann sein, dessen Leben von der Art gewesen, daß es der betreffenden

Kathedrale zum Schmuck und zum Ruhme gereichen kann.

„Im Gegensatz hierzu haben wir jedoch kürzlich erfahren, daß eine jener zu der Kathedrale von Barchester gehörigen einträglichen Pfründen dem in einem benachbarten Kirchspiel angestellten Vicar Mark Robarts verliehen, und ihm zugleich die Erlaubniß ertheilt worden ist, sein seitheriges Amt nebenbei fortzubehalten. Auf fernerweite Erkundigung hörten wir zu unserer Ueberraschung, daß dieser vom Glück begünstigte Mann noch lange nicht dreißig Jahre alt ist. Wir waren indessen geneigt zu glauben, daß seine Gelehrsamkeit, seine Frömmigkeit und sein Lebenswandel von der Art seien, daß sie seinem Kapitel zur besondern Zierde gereichten, und wir schwiegen deßhalb, obschon sehr ungern. Jetzt aber ist uns eben so wie der ganzen Welt zu Ohren gekommen, daß hier von Frömmigkeit und gutem Lebenswandel keine Rede sein kann, ja wenn wir Mr. Robarts nach seinen Liebhabereien und nach seinem Umgange beurtheilen, so sind wir auch geneigt, seine Gelehrsamkeit zu bezweifeln. Vor nur wenigen Tagen hat auf Antrag gewisser, in sehr üblem Ruf stehender Wucherer in London eine gerichtliche Auspfändung in seiner Dienstwohnung zu Framley stattgefunden, die wahrscheinlich auch auf seine Pfründnerwohnung in Barchester erstreckt worden wäre, wenn er bis jetzt die Mittel gehabt hätte, dieses ihm überwiesene Haus zu möbliren und in bewohnbaren Stand zu setzen."

Hierauf folgten einige sehr dringende und ohne Zweifel sehr nothwendige Rathschläge für jene geistlichen Mitglieder der Kirche von England, welche, wie man glaubt, für den Lebenswandel ihrer Amtsbrüder hauptsächlich verantwortlich sind. Dann schloß der Artikel wie folgt:

„Viele dieser Pfründen werden von den betreffenden Decanen und Kapiteln verliehen, und in diesen Fällen sind die Decane und Kapitel verpflichtet, darauf zu sehen, daß geeignete Personen ernannt werden; in andern Fällen aber steht die Wahl der Krone zu, und dann hat das jeweilige Ministerium dieselbe Verantwortlichkeit auf sich. Mr. Robarts ist, wie wir hören, zu der Pfründe in Barchester durch den vorigen Premierminister bestimmt worden, und wir glauben, daß dieser durch die Art und Weise, auf welche er von seiner Amtsbefugniß Gebrauch gemacht, den schärfsten Tadel verdient hat. Wir geben zu, daß es für ihn unmöglich sei, sich in allen derartigen Fällen durch persönliche Erkundigung von der Würdigkeit des zu Wählenden zu überzeugen. Unsere Regierung wird aber durchweg nach den Grundsätzen der eigenen Verantwortlichkeit auch da, wo Stellvertreter verwendet

werden, geführt. Quod facit per alium, facit per se
— ist eine Maxime, welche ganz besonders von unsern
Ministern gilt, und Jeder, der zu einer derartigen
Stellung gelangt, muß es auf die Gefahren, welchen
er sich dabei aussetzt, ankommen lassen. In dem vor=
liegenden Falle geschah, wie man uns mitgetheilt hat,
die Empfehlung durch ein erst ganz kürzlich eingetrete=
nes Mitglied des Cabinets, dessen Ernennung wir da=
mals schon als einen großen Fehlgriff bezeichneten.
Der betreffende Gentleman bekleidete kein specielles
hohes Amt, aber gerade solche bedauerliche Vorgänge,
wie der soeben berührte in Barchester, sind die Folge,
wenn untaugliche Persönlichkeiten zu hohen Stellun=
gen erhoben werden, selbst wenn der Spielraum für
ihre Thätigkeit ein noch so eng begrenzter ist.

„Wenn Mr. Robarts uns erlauben will, ihm
einen guten Rath zu geben, so wird er keine Zeit ver=
lieren, die nöthigen Schritte zu thun, um die Pfründe
wieder zur Verfügung der Krone zu stellen.“

Ich kann hierbei nicht unerwähnt lassen, daß der
arme Harold Smith, als er dies las, es für das
Werk seines verhaßten Feindes, Mr. Supplehouse,
erklärte. Ich für meine Person aber bin geneigt, zu
glauben, daß sein Groll ihn in dieser Beziehung irre
leitete, denn ich vermuthe, daß eine weit größere Ca=

pacität als Mr. Supplehouse die Züchtigung des
armen Vicars übernommen hatte.

Für unsere Freunde in Framley war dieser
Journalartikel etwas Furchtbares und schien, als sie
ihn das erste Mal lasen, sie Alle zu Atomen zu zer=
malmen.

Als die arme Fanny davon hörte, schien sie zu
glauben, die Welt sei nun für sie aus. Man hatte
versucht, ihr die Sache zu verschweigen, aber derglei=
chen Versuche schlagen alle Mal fehl. Der Artikel
ward von allen gutgesinnten Localblättern nachgedruckt,
und Fanny entdeckte bald, daß man ihr Etwas zu ver=
bergen suchte.

Endlich aber zeigte Mark ihr den Artikel selbst,
und dann war sie auf einige Stunden wie vernichtet.
Mehrere Tage lang war sie kaum zu bewegen, sich außer=
halb des Hauses sehen zu lassen, und ihre Niederge=
schlagenheit dauerte mehrere Wochen.

Allmählich aber zeigte sich, daß die Welt immer
noch ihren Gang ging, daß die Sonne immer noch so
warm schien, als ob jener Artikel niemals geschrieben
worden wäre — und zwar nicht blos die Sonne des
Himmels, welche in der Regel ohnehin nicht durch
Entfaltung heidnischen Donners in ihrem Glanze be=
einträchtigt wird, sondern auch die freundliche Sonne
der eigenen Sphäre, deren Wärme und Licht für

das Glück unserer Freunde so wesentlich nothwendig
waren.

Die benachbarten Geistlichen zeigten keine un=
freundliche Miene, und ihre Frauen stellten ihre Be=
suche bei Fanny nicht ein. Die Leute in den Kauf=
läden zu Barchester sahen sie nicht an, als ob sie mit
Schmach bedeckt wäre, obschon sich nicht leugnen läßt,
daß die Gemahlin des Bischofs mit einem sehr kalten
Kopfnicken an ihr vorüberging.

In einer gewissen Beziehung hatte jener Jour=
nalartikel eine vielleicht wohlthätige Folge. Lady Luf=
ton sah sich nämlich dadurch sofort veranlaßt, mit dem
Vicar gemeinschaftliche Sache zu machen, und die Er=
innerung an seine Sünden verschwand daher aus den
Gemüthern der sämmtlichen Bewohner von Framley
Court um so rascher.

Ueberhaupt war das große Publikum gar nicht
im Stande, der Sache die ungetheilte Aufmerk=
samkeit zu widmen, welche ihr zu gewöhnlichen Zeiten
jedenfalls gewidmet worden wäre. In dem gegen=
wärtigen Augenblick wurden Anstalten zu der allgemei=
nen Wahl getroffen. Obschon in dem östlichen Bezirk
der Grafschaft kein Wahlkampf stattfinden sollte, so
ging es doch dagegen in dem westlichen sehr heiß her,
und die Umstände dieses Kampfes waren so erregender

Art, daß Mr. Robarts' und sein Artikel ungewöhnlich
schnell vergessen wurden.

Von Gatherum Castle war ein Edict ausgegan=
gen, welchem zufolge Mr. Sowerby beseitigt werden
sollte. Dagegen war von Chaldicotes eine heraus=
fordernde Fanfare geblasen, und erklärt worden, daß
der Befehl des Herzogs nicht befolgt werden würde.

Es giebt in England zwei Klassen von Menschen,
welche der Constitution zufolge an der Wahl der Par=
lamentsmitglieder sich nicht betheiligen dürfen, nämlich
Pairs und Frauen. Dennoch ward bald in der gan=
zen Länge und Breite der Grafschaft bekannt, daß der
jetzt wüthende Wahlkampf gerade zwischen einem Pair
und einer Dame geführt ward.

Miß Dunstable war gerade zur rechten Zeit als
Käuferin des Reviers von Chaldicotes aufgetreten,
welcher Kauf — so behaupteten die Leute in Barchester,
die von den nähern Umständen nicht unterrichtet wa=
ren — eine ganz andere Wendung genommen haben
würde, wenn nicht die Riesen zeitweilig die Oberhand
über die Götter erlangt hätten.

Der Herzog war ein Anhänger der Götter, und
deßhalb war, wie Mr. Fothergill zu verstehen gab,
sein Geld zurückgewiesen worden. Miß Dunstable
war gerüstet, diesem herzoglichen Freunde der Götter

in seiner eigenen Grafschaft Trotz zu bieten, und deß=
halb war ihr Geld angenommen worden.

Ich bin jedoch sehr geneigt, zu glauben, daß Mr.
Fothergill Nichts davon wußte, und daß Miß Dun=
stable aus Begier, zu siegen, der Krone mehr Geld
bot, als das Besitzthum nach der Ansicht des Herzogs
werth war, und daß die Krone zum offenbaren Vor=
theil des großen Ganzen von dieser Begier Nutzen zog.

Bald ward auch bekannt, daß Miß Dunstable
in der That die Besitzerin der ganzen Grafschaft Chal=
dicotes war und daß sie, wenn sie Mr. Sowerby's
Sieg als Wahlcandidat förderte, ihren eigenen Vasallen
unterstützte.

Eben so ward auch im Verlaufe des Kampfes be=
kannt, daß Miß Dunstable endlich in anderer Bezie=
hung besiegt worden, und daß sie im Begriff stand,
Doctor Thorne von Greshamsbury oder den „Apothe=
ker von Greshamsbury," wie die gegnerische Partei
ihn zu nennen pflegte, zu heirathen.

„Er ist sein ganzes Leben lang nicht viel besser,
als ein Quacksalber gewesen," sagte Doctor Fillgrave,
der berühmte Arzt in Barchester. „Und nun heirathet
er auch noch die Tochter eines Quacksalbers."

Doctor Thorne ließ sich jedoch durch diese und
ähnliche Bemerkungen die gute Laune nicht im Min=
desten verderben.

Alles dies gab aber Anlaß zu einer sehr nied=
lichen Reihenfolge von Carricaturen, Pasquillen und
dergleichen, welche von Mr. Fothergill und Mr. Clo=
serstill, dem Wahlagenten, verbreitet wurden. Mr.
Sowerby ward der „Schooßhund“ genannt, und von
der Dame, welche sich diesen Schooßhund hielt, Schilde=
rungen entworfen, welche für Miß Dunstable's äußere
Erscheinung, oder Manieren, oder Alter keineswegs
schmeichelhaft waren.

Dann ward der westliche Bezirk der Grafschaft
in ernstem Tone gefragt — wie Grafschaften und
Wahlflecken mittelst an Mauern und Scheunenthoren
angeklebter Placate gefragt werden — ob es sich wohl
schicke, daß dieser Bezirk durch ein Frauenzimmer re=
präsentirt werde. Dann ward wiederum die Graf=
schaft gefragt, ob es sich wohl schicke, daß ein Herzog
ihn repräsentire.

Und dann ward die Frage in Bezug auf Miß
Dunstable noch persönlicher, und man verlangte zu
wissen, ob die Grafschaft sich nicht mit unauslösch=
licher Schmach bedecke, wenn sie sich nicht blos einem
Frauenzimmer überliefere, sondern auch einem, wel=
ches mit Libanonöl gehandelt habe.

Durch diesen Zug ward indessen nicht viel ge=
wonnen, denn ein neues Placat setzte der unglücklichen
Grafschaft auseinander, wie ungeheuer groß ihre

Schmach sein würde, wenn sie sich zur Appanage irgend eines Pairs erniedrige, besonders eines solchen, welcher als der unmoralischste Lord bekannt sei, der jemals die Bänke des Oberhauses verunziert habe.

Und so hatte der Kampf seinen Fortgang, und da kein Geld dabei gespart ward, so war die Welt von West-Barchetshire damit ganz zufrieden.

Es ist wunderbar, wie viel Schmach dieser Art ein Wahlflecken oder eine Grafschaft ertragen kann, ohne auch nur zu zucken, und eben so ist es im Hinblick auf den hohen Werth, der von dem Staat im Allgemeinen auf die Constitution gelegt wird, wunderbar, zu sehen, wie wenig die Principien dieser Constitution von dem Volk im Einzelnen geschätzt werden.

Der Herzog ließ sich natürlich nicht sehen. Er that dies selten bei irgend einer Gelegenheit, und bei einer solchen, wie diese, nie; Mr. Fothergill aber war überall zu sehen.

Miß Dunstable stellte ihr Licht ebenfalls nicht unter den Scheffel, obschon ich hier auf mein Wort als wahrheitsliebender Erzähler erkläre, daß das Gerücht, sie habe von dem Fenster über der Hotelthüre zu Courcy aus eine Rede an die Wähler gehalten, thatsächlich n i c h t begründet war. Allerdings war sie in Courcy, und ihr Wagen machte an dem Hotel Halt, aber weder hier noch anderwärts trat sie öffentlich auf.

„Man muß mich für Mistreß Proudie angesehen haben," sagte sie, als das Gerücht ihr zu Ohren kam.

Leider war auf Miß Dunstable's Seite des Kampfes ein einziges, aber großartiges Element des Mißlingens vorhanden.

Mr. Sowerby selbst konnte nämlich durch Nichts bewogen werden, sich zu schlagen, wie es einem Manne geziemte. Den positiven Weisungen, welche ihm ertheilt wurden, gehorchte er allerdings bis zu einem gewissen Grade. Es war bei dem Handel mit ausbedungen worden, daß er den Kampf aushalte, und von dieser Bedingung konnte er nicht wohl zurücktreten; zu einem ächten, wirklichen Kampfe von seiner Seite aber fehlte ihm der Muth. Er konnte nicht auf die Wahlbühne treten und hier dem Herzog Trotz bieten. Gleich zu Anfang forderte Mr. Fothergill ihn auf, es zu thun, aber Mr. Sowerby hob den Handschuh nicht auf.

„Wir haben," sagte Mr. Fothergill in der großen Rede, welche er in Silverbridge im Gasthause zum „Omnium=Wappen" hielt, „wir haben während dieser Wahl viel von dem Herzog von Omnium und den Unbilden gehört, welche er einem der Candidaten zugefügt haben soll. Der Name des Herzogs wird sehr

häufig von den Herren — und auch von der Dame
— genannt, welche Mr. Sowerby's Ansprüche unter=
stützen. Ich glaube aber nicht, daß Mr. Soweröy
selbst gewagt hat, viel über den Herzog zu äußern.
Ich fordere Mr. Sowerby auf, den Namen des Her=
zogs an den Wahlschranken zu nennen."

Mr. Sowerby nannte aber den Namen des Her=
zogs nicht ein einziges Mal.

Es ist ein schlechter Kampf, wenn kein Muth
mehr da ist, und Mr. Sowerby's Muth zu solchen
Dingen war jetzt so ziemlich gebrochen. Allerdings
war er dem Netz, in welches der Herzog mit Mr.
Fothergill's Hülfe ihn verwickelt, entschlüpft, aber er
war blos aus einer Gefangenschaft in die andere ge=
rathen.

Geld ist ein ernsthaftes Ding und kann, wenn
es ein Mal weg ist, nicht wie politische Gewalt und
Ansehen durch eine gutgemischte Karte, oder durch
einen glücklichen Schlag mit dem Racket wieder gewon=
nen werden. Hunderttausend Pfund sind, wenn sie
ein Mal fort sind, fort, möge nun die Person, welche
Anspruch darauf macht, die Ehre des Darleihens ge=
habt zu haben, Mistreß B. oder Mylord C. sein.
Kein glückliches Manöver vermag den Stand der
Dinge zu ändern, ausgenommen ein solches, wie Mr.
Sowerby mit Miß Dunstable versuchte.

Allerdings war es besser für ihn, diese Dame, als den Herzog zum Gläubiger zu haben, weil es ihm nun möglich war, als Vasall unter der Herrschaft dieser Dame in seinem alten Hause wohnen zu bleiben; aber dennoch fand er, daß selbst dieses Leben im Vergleich mit seinem früheren ein ziemlich trauriges war.

Die Wahl ging für Miß Dunstable und ihre Partei verloren. Allerdings führte sie den Kampf auf die muthigste Weise bis zum letzten Augenblick und sparte weder ihr eigenes Geld, noch das ihres Gegners, aber dennoch kämpfte sie ohne Erfolg.

Viele angesehene Männer unterstützten Mr. Sowerby, weil ihnen selbst daran lag, ihre Grafschaft von der Sclaverei des Herzogs zu emancipiren; Mr. Sowerby galt aber ein Mal für ein schwarzes Schaf, wie Lady Lufton ihn genannt, und am Schluße der Wahl sah er sich von der Repräsentation des Bezirks West-Barchester ausgeschlossen — für immer ausgeschlossen, nachdem er die Grafschaft fünfundzwanzig Jahre hinter einander vertreten.

Der unglückliche Mr. Sowerby! Ich kann nicht ohne ein gewisses Gefühl von Bedauern von ihm Abschied nehmen, denn ich weiß, daß Etwas in ihm lag, was unter besserer Führung auch bessere Früchte getragen haben würde.

Es giebt Leute, selbst von hoher Geburt, welche

zu Schurken geboren zu sein scheinen; Mr. Sowerby aber war meiner Ansicht nach zum Gentleman geboren. Daß er k e i n Gentleman gewesen, daß er bedeutend vom rechten Pfade abgewichen war — dies erkennen wir Alle an. Es ist nicht nach Art eines Gentleman, sondern sehr schmutzig gehandelt, wenn man einen Freund in einer arglosen Stunde geselligen Verkehrs zum Acceptiren eines Wechsels verleitet.

Diese und andere ähnliche Dinge haben seinem Charakter ein zu unverkennbares Gepräge aufgedrückt, nichtsdestoweniger aber nehme ich eine Thräne für Mr. Sowerby in Anspruch und beklage, daß es ihm nicht gelungen ist, seine Bahn richtig und in Uebereinstimmung mit den Gesetzen des Jokei=Clubs zu durch=messen.

Er versuchte als Pächter in seinem alten Hause in Chaldicotes zu leben, und sich durch Bewirthschaf=tung des außerdem noch dazu gepachteten Grundes und Bodens seinen Lebensunterhalt zu erwerben, aber er gab diesen Versuch sehr bald wieder auf. Er hatte zu einer solchen Thätigkeit weder Geschick, noch Lust, und konnte überdieß seine veränderte Stellung in der Grafschaft nicht ertragen.

Es dauerte daher nicht lange, so verließ er Chal=dicotes freiwillig und verschwand, wie solche Leute zu verschwinden pflegen — nicht ganz ohne nothwendiges

Einkommen, welchem Punkte bei dem schließlichen Arrangement ihrer gemeinsamen Angelegenheiten Mistreß Thorne's Geschäftsagent ganz besondere Aufmerksamkeit widmete.

Und somit kam Lord Dumbello, der von dem Herzog aufgestellte Candidat, in's Parlament, wie dies mit den Candidaten des Herzogs schon seit vielen Jahren der Fall gewesen.

Hier waltete keine Nemesis — wenigstens jetzt noch nicht. Nichtsdestoweniger wird der hinkende Bote auch den Herzog einholen, wenn dieser es nämlich verdient.

Wir haben diese vornehme Persönlichkeit so selten zu Gesicht bekommen, daß ich nicht nöthig zu haben glaube, meine Leser mit einer ferneren Erörterung seiner Angelegenheiten zu behelligen.

Ein Punkt jedoch verdient noch hervorgehoben zu werden, weil er beweis't, auf wie verständige Weise wir hier in England unsere Angelegenheiten besorgen. Zu Anfang dieser Erzählung ward der Leser in das Innere von Gatherum Castle eingeführt, und sah hier Miß Dunstable von dem Herzog auf die freundschaftlichste Weise empfangen. Seit jener Zeit ist diese Dame des Herzogs Nachbarin geworden und hat einen Krieg mit ihm geführt, der ihm wahrscheinlich oft viel zu schaffen gemacht hat. Nichtsdestoweniger aber waren bei der nächsten großen Gelegenheit in Gatherum Castle Doctor Thorne und seine Gemahlin unter der Zahl der Gäste, und der Herzog persönlich gegen Niemanden freundlicher und höflicher, als gegen seine reiche Nachbarin, die ehemalige Miß Dunstable.

# Siebentes Kapitel.

--

## Wie Alle heiratheten, Zwei Kinder hatten und ein glückliches Leben führten.

Werthgeschätzte, liebreiche, mitfühlende Leser, wir haben mit vier schmachtenden Liebespaaren in diesem unsern letzten Kapitel zu thun, und ich als Chorführer will euch nicht länger mit Zweifeln in Bezug auf das Glück irgend einer der Personen dieser Quadrille quälen.

Sie wurden Alle glücklich, trotz jener kleinen Episode, welche so kürzlich erst in Barchester stattfand, und indem ich ihr Glück — obschon nur kurz, wie dies nun nicht anders sein kann — schildere, wollen wir sie chronologisch vornehmen und den Vortritt Denen gestatten, welche zuerst an Hymen's Altar er= schienen.

Im Juli ward demgemäß in der Kathedrale durch den Vater der Braut, unter Assistenz seines Kaplans, Olivia Proudie, die älteste Tochter des Bischofs von Barchester, mit dem wohlehrwürdigen Tobias Tickler, Pfarrer an der Dreieinigkeits-Distriktkirche in Bethnal Green, vermählt.

Unsere Bekanntschaft mit dem Bräutigam ist in diesem Falle eine so kurze gewesen, daß es vielleicht nicht nothwendig ist, viel darüber zu sagen.

Als er zur Hochzeit kam, hatte er beabsichtigt, seine drei lieben Kinder aus erster Ehe mitzubringen, wovon ihm aber seine künftige Schwiegermutter klüglich, obschon in etwas kräftigen Ausdrücken, abrieth.

Mr. Tickler war kein wohlhabender Mann und hatte auch bis jetzt keinen großen Ruf in seinem Fache erworben; da er aber erst dreiundvierzig Jahre zählte, so hatte er noch genug Gelegenheit vor sich, und jetzt, wo sein Verdienst durch hohe kirchliche Augen gebührend in Betracht gezogen worden, mußte der erfrischende Thau verdienter Beförderung ohne Zweifel auf ihn herabträufeln.

Die Vermählungsfeierlichkeit war sehr ansprechend, und Olivia bestand diese schwere Feuerprobe mit einem hohen Grade von Muth und Standhaftigkeit.

Bis zu dieser Zeit und sogar noch einige Tage länger war man in Bezug auf jene seltsame Reise,

welche Lord Dumbello unzweifelhaft nach Frankreich
gemacht, in Barchester immer noch in Zweifel und
Ungewißheit.

Wenn ein Mann unter diesen Umständen, und
ohne selbst seine Braut zu benachrichtigen, plötzlich
nach Paris geht, so müssen die Leute auf allerhand
Gedanken kommen, und ernst waren die Befürchtungen,
welche Mistreß Proudie selbst noch beim Hochzeits=
frühstück ihrer Tochter aussprach.

„Gott segne Euch, meine lieben Kinder," sagte
sie, indem sie bei Tische aufstand und Mr. Tickler
und seine junge Gattin anredete. „Wenn ich Euer
vollkommnes Glück sehe — das heißt so vollkommen,
als menschliches Glück in diesem Jammerthale jemals
sein kann — und an das furchtbare Unglück denke,
welches unsere beklagenswerthen Nachbarn betroffen
hat, so kann ich nicht umhin, Gottes unendliche Güte
und Barmherzigkeit anzuerkennen. Der Herr giebt
und der Herr nimmt."

Mit diesen Worten wollte sie ohne Zweifel an=
deuten, daß, während Mr. Tickler ihrer Olivia gegeben,
Lord Dumbello der Griselda des Oberdecans genommen
worden.

Das glückliche Paar fuhr dann in Mistreß Prou=
bie's Wagen nach der vorletzten Eisenbahnstation, und

von da nach Walvern, wo es den Honigmonat zu=
brachte.

Ganz gewiß war es ein großer Trost für Mistreß
Proudie, als in Barchester die verbürgte Nachricht ein=
traf, daß Lord Dumbello von Paris zurückgekehrt sei,
und daß das Hartletop=Grantly=Bündniß im Begriff
stände, vollzogen zu werden.

Dennoch blieb sie — wer weiß, ob mit Recht
oder Unrecht — bei ihrer Behauptung, daß der junge
Lord die Absicht gehabt habe, zu entschlüpfen.

„Der Oberdecan hat durch die Art und Weise,
auf welche er in dieser Sache zu Werke gegangen ist,
große Festigkeit bewiesen," sagte Mistreß Proudie; „ob
er aber dadurch, daß er seine Tochter zwingt, einen
ihr abgeneigten Mann zu heirathen, für ihr wahres
Interesse gesorgt habe, dies muß ich für meine Person
bezweifeln. Unglücklicher Weise aber wissen wir ja
Alle, wie vollständig der Oberdecan am Irdischen
hängt."

Die Hingebung des Oberdecans an das Irdische
ward in diesem Falle durch den Erfolg belohnt, welchen
er ohne Zweifel wünschte. Er reis'te wirklich nach Lon=
don und sprach Einige von Lord Dumbello's Freunden.
Er that dies durchaus nicht auf auffallende Weise,
oder als ob er Lord Dumbello im Verdacht der Treu=

lofigkeit hätte, sondern mit jener Discretion und dem Takt, wodurch er sich von jeher ausgezeichnet.

Mistreß Proudie behauptet, er sei während der wenigen Tage seiner Abwesenheit von Barsetshire selbst in Frankreich gewesen und habe Lord Dumbello in Paris aufgespürt.

Was dies betrifft, so kann ich Nichts dazu sagen, wohl aber bin ich eben so, wie Alle, welche den Ober= becan kannten, überzeugt, daß er nicht der Mann war, welcher seiner Tochter ein Unrecht zufügen ließ, so lange es noch ein Mittel gab, wodurch diesem Unrecht vorgebeugt werden konnte.

Doch mochte dem nun sein, wie ihm wollte, so erschien Lord Dumbello am 5. August in Plumstead und lös'te seine Aufgabe wie ein Mann.

Die Familie Hartletop war, als man fand, daß das Ehebündniß unvermeidlich war, bemüht, die Sache wenigstens so zu arrangiren, daß die Vermählung in Hartletop vollzogen würde, damit der geistliche Staub der Kathedrale von Barchester nicht den Glanz der Familie trübe.

In diesem Punkte aber war Mistreß Grantly, und zwar mit Recht, unerbittlich, und als noch im letzten Augenblick ein Versuch gemacht ward, die Braut zu bewegen, sich an ihre Mama nicht zu kehren, son= dern zu erklären, daß sie in Hartletop vermählt werden

wolle, war dieser Versuch eben so wenig von Erfolg
begleitet, als die früheren. Die Hartletops kannten
die Grantlys nicht, sonst würden sie keinen solchen
Versuch gemacht haben.

Die Vermählung fand demgemäß in Plumstead
statt, und Lord Dumbello fuhr am Morgen des be=
treffenden Tages mit der Post von Barchester nach
der Rectorei hinüber.

Die Ceremonie ward von dem Oberdecan ohne
Assistenz vollzogen, obschon der Decan, der Präcentor
und zwei andere Geistliche dabei zugegen waren.

Griselda's Benehmen war eben so untadelhaft,
als das Olivia's Proudie's, und die klassische Anmuth
und aristokratische Haltung, welche sie bei dieser Gele=
genheit entwickelte, war geradezu unübertrefflich. Die
drei oder vier Worte, welche sie der Form gemäß dabei
sprechen mußte, wurden von ihr mit Ruhe und Würde
gesprochen. Das Werk ward weder durch Schluchzen,
noch durch Weinen gestört, und sie schrieb ihren
Namen unter das Trauungsprotokoll ohne Zittern
und fast ohne alle Aufregung.

Ihre Mutter küßte und segnete sie in der Haus=
flur, als sie, auf den Arm ihres Vaters gestützt, im
Begriff stand, in den Reisewagen zu steigen, und die
Scheidende blickte zu ihrer Mutter empor, um ihr ein
letztes Wort zuzuflüstern.

„Mama," lautete dieses gefühlvolle letzte Wort, „Jane kann wohl, wenn wir nach Dover kommen, sogleich an dem Moire-antique-Kleid anfangen?"

Mistreß Grantly lächelte und nickte und segnete ihr Kind nochmals.

Keine Thräne ward vergossen — wenigstens nicht damals — und keine Spur von Kummer trübte den heitern Glanz des Tages auch nur auf einen Augenblick.

Die Mutter aber dachte in der Einsamkeit des Zimmers doch an jene letzten Worte ihrer Tochter und gestand den Mangel an Etwas, wonach ihr Herz seufzte.

Sie hatte sich gegen ihre Schwester gerühmt, daß sie in Bezug auf die Erziehung ihrer Tochter Nichts zu bereuen habe; war sie aber jetzt, als sie nach ihrem Erfolg sich allein sah, wohl überzeugt, daß sie sich auf diesen Ruhm auch jetzt noch stützen könne?

Sie selbst trug nämlich ein Herz in der Brust und Glauben im Herzen. Die Welt hatte allerdings mit ihrer Wucht aufgehäuften geistlichen Reichthums schwer auf ihr gelastet, aber sie doch nicht gänzlich zermalmt — blos ihr Kind war von diesem Schicksal betroffen worden. Denn werden die Sünden der Väter nicht heimgesucht im dritten und vierten Glied?

Wenn aber auch ein solches Gefühl der Reue die

Fülle von Mistreß Grantly's Freude beeinträchtigte, so ward es doch sehr bald durch den vollkommenen Erfolg des Ehestands ihrer Tochter verscheucht.

Mit Ablauf des Herbstes kehrten die jungen Eheleute von ihrer Hochzeitsreise zurück, und es ward dem ganzen Cirkel in Hartletop klar, daß Lord Dumbello mit seinem Handel keineswegs unzufrieden war.

Seine junge Gattin war überall, wohin er sie gebracht, im höchsten Grade bewundert worden. In Ems, in Baden und in Nizza war alle Welt von Griselda's stattlicher Schönheit betroffen gewesen; auch ihre Art und Weise und die hohe Würde ihres Benehmens förderten das Gefühl von Ehrerbietung, welches ihre Anmuth und Gestalt gleich bei dem ersten Anblick einflößte.

Nie gefährdete sie die Ehre ihres Gatten durch Redseligkeit oder Klatschsucht. Lord Dumbello fand bald, daß der Ruf seiner Discretion in ihren Händen vollkommen sicher war, und es gab mit Einem Worte in Bezug auf äußeres Verhalten für sie Nichts, weßwegen es einer Lehre oder Mahnung bedurft hätte.

Ehe noch der Winter um war, hatte sie die Herzen des ganzen Cirkels in Hartletop ebenfalls gewonnen. Der Herzog war da und erklärte der Marquise, Dumbello hätte unmöglich besser thun können.

„Das glaube ich auch," sagte die glückliche Mutter.

„Sie sieht Alles, was sie sehen soll, und Nichts, was sie nicht sehen soll."

Und dann in London, als die Saison kam, sang die ganze Männerwelt Griselda's Lob, und Lord Dumbello ward mehr als ein Mal darauf aufmerksam gemacht, daß man ihn zu den Weisesten seines Zeitalters zählte.

Er hatte eine Frau geheirathet, welche Alles für ihn besorgte, welche ihm niemals lästig fiel, welche unter ihrem eigenen Geschlecht keine Widersacherin fand, und welche jeder Mann bewunderte.

Was seelenvollen Gedankenaustausch betraf, so war allerdings hiervon nicht die Rede; aber es läßt sich die Frage aufwerfen, ob ein solcher Gedankenaustausch zwischen Eheleuten nothwendig ist? Eine schöne Frau aber an der Spitze der Tafel, welche sich gut zu kleiden, welche in und aus dem Wagen zu steigen und darin zu sitzen versteht, welche ihren Gemahl weder durch ihre Unwissenheit compromittirt, noch durch ihre Koketterie beunruhigt, und eben so wenig durch ihre Talente in den Schatten stellt — wie herrlich muß ein solches Kleinod sein! Ich, für meine Person, glaube, daß Griselda Grantly zum Weibe eines großen englischen Pairs geboren war.

„In der That," sagte Miß Dunstable, oder vielmehr Mistreß Thorne, als sie von Lady Dumbello sprach, „es liegt doch ein gewisser Grad von Wahrheit in Dem, was ein bekannter excentrischer Philosoph der Gegenwart sagt: ‚Groß ist Deine Macht, o Schweigen!'"

Die Vermählung unsrer alten Freunde Doctor Thorne und Miß Dunstable war die dritte auf der Liste, fand aber erst gegen Ende des Monats Sep=tember statt.

Die Advocaten hatten bei dieser Gelegenheit kein kleines Stück Arbeit, und obschon die Dame nicht schüchtern und der Cavalier nicht saumselig war, so fand man es doch nicht thunlich, die Vermählung auf einen früheren Tag festzusetzen.

Die Ceremonie ward in der St. Georgskirche in London vollzogen, aber ohne sich durch besondern Glanz auszuzeichnen.

London war zu dieser Zeit leer, und die wenigen Personen, deren Anwesenheit wirklich nothwendig war, wurden zu diesem Zweck aus der Provinz importirt.

Doctor Easyman vertrat Vaterstelle bei der Braut, und die beiden Brautjungfern waren Damen, welche schon längere Zeit mit Miß Dunstable als Gesellschaf=terinnen gelebt hatten. Der junge Mr. Gresham und seine Gattin waren auch da, eben so wie Mistreß Harold Smith, die durchaus nicht gesonnen war, ihre alte Freundin in ihrer neuen Lebenssphäre fallen zu lassen.

„Wir werden sie nun Mistreß Thorne, anstatt Miß Dunstable nennen, und ich glaube wirklich, dies wird der ganze Unterschied sein," sagte Mistreß Harold Smith.

Für Mistreß Harold Smith war es höchst wahr= scheinlich in der That der ganze Unterschied, anders aber war es mit den Personen, welche am Meisten be= theiligt waren.

Dem von dem Doctor und seiner Gattin entwor= fenen Lebensplane zufolge sollte sie ihr Haus in London behalten, dort während der Saison so lange bleiben, als es ihr beliebte, und ihn empfangen, wenn es ihm angemessen erscheinen würde, sie zu besuchen. Auf dem Lande aber sollte e r Herr sein.

Auf dem angekauften Revier sollte ein Herrnhaus gebaut werden, und bis dieses fertig wäre, wollten sie das alte Haus in Greshamsbury fortbewohnen. So klein dieses auch war, so verschmähte Mistreß Thorne — trotz ihres großen Reichthums — doch nicht, es zu betreten.

Später eintreffende Umstände bewirkten jedoch eine Abänderung in diesen Plänen. Man fand, daß Mr. Sowerby in Chaldicotes nicht leben konnte, oder nicht leben wollte, und deßhalb ward im zweiten Jahre nach der Vermählung des Doctors mit Miß Dunstable dieses Haus für sie eingerichtet. Sie sind jetzt in der ganzen Grafschaft als „Doctor und Mistreß Thorne von Chaldicotes" bekannt — „von Chaldicotes" zum Unterschied von den ebenfalls wohlbekannten Thornes von Urnathorne in dem östlichen Bezirk. Hier leben sie geachtet und geehrt von ihren Nachbarn, und im besten Einvernehmen sowohl mit dem Herzog von Omnium, als auch mit Lady Lufton.

„Allerdings wird der Anblick jener lieben alten Alleen trübe Erinnerungen in mir erwecken," sagte Mistreß Harold Smith, als sie gegen das Ende der Saison in London nach Chaldicotes eingeladen ward, und sie drückte, während sie sprach, das Tuch an die Augen.

„Aber, liebe Freundin, was kann ich thun?" entgegnete Mistreß Thorne. „Ich kann die Bäume doch nicht umhauen lassen; der Doctor würde es nicht zugeben."

„O nein," sagte Mistreß Harold Smith seufzend, besuchte aber Chaldicotes doch — trotz ihrer trüben Erinnerungen.

Ehe Lord Lufton zu einem glücklichen Manne gemacht ward, kam der October heran — das heißt, wenn der Genuß seines Glückes eine größere Freude war, als der Vorschmack desselben,

Ich will nicht sagen, daß das Glück der Ehe der Frucht des todten Meeres gleiche — einem Apfel, der, wenn man ihn ißt, im Munde sich in bittere Asche verwandelt. Ist es aber nichtsdestoweniger Thatsache, daß, wenn die Ceremonie am Altar vollzogen und das Recht des gesetzmäßigen Besitzes ertheilt worden, der süßeste Bissen vom Schmaus der Liebe verzehrt, daß das frischeste, schönste Colorit der Blume entschwunden ist? Es giebt ein Aroma der Liebe, ein nicht wohl zu beschreibendes Parfüm, welches entweicht und verschwindet, ehe die Neuvermählten das Portal der Kirche verlassen. Wenn der Mann von dem Altar zurücktritt, hat er die leckersten Gerichte seines Bankets schon genossen. Das Rindfleisch und der Pudding des Ehestandes harren dann sein — vielleicht auch blos das Brod und der Käse.

Ehe wir jedoch schließen, wollen wir auf einen Augenblick zu den Leckerbissen zurückkehren — zu der Zeit, bevor der Rinderbraten und der Pudding aufgetragen werden — wo Lucy noch im Pfarrhause war, und Lord Lufton noch in Framley Court weilte.

Er kam eines Morgens, wie er jetzt häufig zu thun pflegte, in das Pfarrhaus, und nachdem man einige Minuten geplaudert, verließ Fanny das Zimmer, wie sie bei solchen Gelegenheiten ebenfalls nicht selten zu thun pflegte.

Lucy saß bei ihrer Arbeit, und Lord Lufton setzte
sich ihr gegenüber und sah sie einige Augenblicke lang
an. Dann stand er plötzlich auf, stellte sich vor sie
und sagte:

„Lucy!"

„Nun, was ist mit Lucy? Giebt sie heute Morgen
Anlaß zu einer besondern Bemerkung?"

„Ja, zu einer ganz besondern Bemerkung. Als
ich Dich hier in diesem Zimmer an dieser selben Stelle
fragte, ob es möglich sei, daß Du mich liebest, warum
sagtest Du damals, es sei nicht möglich?"

Lucy blickte, anstatt sofort zu antworten, auf
den Teppich nieder, um zu sehen, ob sein Gedächtniß
so gut wäre, wie das ihrige.

Ja, er stand genau auf dem Platze, wo er früher
gestanden. Kein Platz in der ganzen Welt schwebte
ihr öfter oder deutlicher vor Augen.

„Entsinnst Du Dich noch jenes Tages?" fragte
Lord Lufton wieder.

„Ja, ich entsinne mich seiner," antwortete sie.

„Warum sagtest Du damals, es sei unmöglich?"

„Sagte ich unmöglich?"

Sie wußte, daß sie so gesagt hatte. Sie entsann
sich, wie sie gewartet, bis er fort war, und daß sie
dann, nachdem sie sich auf ihr Zimmer begeben, sich
selbst der Lüge und der Feigheit angeklagt. Sie

hatte ihn damals belogen, und nun — sollte sie viel=
leicht dafür gestraft werden?

„Nun, ich glaube, möglich wäre es doch ge=
wesen."

„Aber warum sagtest Du dann so, da Du doch
wissen mußtest, wie elend es mich machen würde?"

„Elend! Du gingst ja ganz heiter fort! Mir
schien es, als hätte ich Dich niemals zufriedener ge=
sehen."

„Lucy!"

„Du hattest Deine Pflicht gethan und warst
glücklich davongekommen. Ich wundere mich blos,
daß Du jemals wiedergekommen bist. Der Krug kann
auch allzuoft zu Wasser gehen, Lord Lufton."

„Aber willst Du mir jetzt die Wahrheit sagen?"

„Was für eine Wahrheit?"

„An jenem Tage, wo ich zu Dir kam — liebtest
Du mich damals wirklich nicht?"

„Ich dächte, wir ließen vergangene Dinge auf
sich beruhen."

„Du sollst und mußt es mir aber sagen. Es
war grausam, mir so zu antworten, wenn es nicht
Dein Ernst war. Und dennoch sahst Du mich nicht
wieder, bis nachdem meine Mutter bei Dir drüben in
Hogglestock gewesen war."

„Die Abwesenheit war es, was allmählich Interesse
für Dich in mir erweckte."

„Lucy, ich wollte darauf schwören, daß Du mich
schon damals liebtest."

„Das muß Dir ein Hexenmeister gesagt haben,
Ludovic."

Lucy stand, indem sie dies sagte, auf, lachte ihn an, streckte die Hände empor und schüttelte den Kopf. Aber sie war nun in seiner Gewalt, und er hatte sich gerächt — für ihre frühere Falschheit und ihren jetzigen Scherz. Wie konnte er jemals glücklicher werden, als er jetzt war?

Und dann wiederholte er um diese Zeit sein früheres Anerbieten, sie reiten zu lehren — natürlich jetzt mit ganz anderem Erfolg, als bei jener früheren Gelegenheit.

Einwendungen wurden allerdings auch jetzt noch in Menge gemacht. Es fehlte an einem Reitkleid, und Lucy fürchtete sich, oder sagte es wenigstens. Dann sprach sie auch die Befürchtung aus, daß es Lady Lufton vielleicht nicht ganz recht sein würde.

Lady Lufton aber meinte, jetzt sei es ganz recht, nur möge man sich wegen des Pferdes in Acht nehmen und ein möglichst frommes und gut dressirtes aus= suchen.

Natürlich wurden sofort Lady Meredith's zurück= gelassene Reitkleider hervorgesucht und eins davon ohne weitere Umstände gekürzt, beschnitten und geändert.

Was die Furcht betraf, so ward es jetzt klar, wie sehr Lucy sich früher verstellt hatte, denn es konnte keine kühnere Reiterin geben, als sie. !!

„Ich werde mich aber nicht eher zufrieden geben, Ludovic, als bis Du ein für sie vollkommen passendes Pferd angeschafft hast," sagte Lady Lufton.

Und nun wollte auch die Angelegenheit wegen der Hochzeitskleider und so weiter besorgt sein, in welcher Beziehung ich Lucy nicht nachrühmen kann, daß sie so viel Fähigkeit und Ruhe bewiesen habe, wie Griselda Grantly.

Lady Lufton nahm die Sache jedoch sehr ernst, und da, nach ihrer Meinung, auch Fanny nicht mit der nöthigen Energie zu Werke ging, so nahm sie die Sache fast ausschließlich in ihre eigene Hand, gebot Lucy durch Kopfnicken und Stirnrunzeln Schweigen und entschied, bis auf die Schnürsenkel der Stiefel herab, Alles selbst.

„Laß mich nur machen," sagte sie, indem sie Lucy auf den Arm klopfte. „Ich habe dies Alles schon ein Mal für Justinia besorgt, und sie hatte niemals Grund, auch nur mit der geringsten Kleinigkeit unzu=frieden zu sein. Wenn Du sie fragen willst, so wird sie Dir es selbst sagen."

Lucy fragte ihre künftige Schwägerin aber nicht, denn sie setzte hinsichtlich der fraglichen Artikel in das Urtheil ihrer künftigen Schwiegermutter durchaus keinen Zweifel. Es war ihr nur um das viele Geld! Wozu brauchte sie auf ein Mal sechs Dutzend Taschentücher? Es war ja keine Rede davon, daß Lord Lufton als Generalgouverneur nach Ostindien gehen sollte. Für Griselda's Phantasie wären aber selbst zwölf Dutzend Taschentücher nicht zu viel gewesen.

Und Lucy pflegte, wenn sie allein in dem Salon zu Framley Court saß, an jenen Abend zu denken, wo sie zum ersten Male hier gesessen.

Damals war sie mit unterdrücktem Stöhnen und mühsam verhaltenen Thränen zu dem Schluß gekom=men, daß sie in dieser Gesellschaft nicht am rechten Platze sei. Griselda Grantly bewegte sich hier völlig

ungezwungen und heimisch, von Lady Lufton gehät=
schelt, von Lord Lufton bewundert, während sie sich
selbst in's Dunkel zurückzog, weil sie fühlte, daß sie
für die hier versammelte Gesellschaft nicht taugte.

Und dann war er zu ihr gekommen und hatte
die Sache fast noch schlimmer gemacht, indem er sie
anredete und durch seine Gutmüthigkeit ihr die Thrä=
nen in die Augen lockte, aber sie dennoch durch das
Bewußtsein verwundete, daß sie nicht unbefangen mit
ihm sprechen konnte.

Jetzt dagegen war Alles anders. Er hatte sie
erwählt — sie vor allen Andern — und er hatte sie
hierher gebracht, damit sie sein Haus, seinen Rang
und Alles, was er zu geben hatte, mit ihr theile. Sie
war sein Augapfel und der Stolz seines Herzens.

Und die strenge Mutter, vor welcher sie sich so
sehr gefürchtet, von welcher sie Anfangs fast kaum
beachtet worden, und die ihr dann hatte sagen lassen,
sie möge sich so fern als möglich halten, wußte jetzt
kaum, auf welche Weise sie ihr ihre Liebe, Achtung
und Fürsorge beweisen sollte.

Ich darf nicht sagen, daß Lucy in diesen Augen=
blicken nicht stolz gewesen sei — daß ihr Herz sich durch
diese Gedanken nicht gehoben gefühlt habe. Erfolg
erzeugt Stolz, eben so wie Mißlingen Scham. Lucy's
Stolz war aber von der Art, daß er weder dem Manne,
noch dem Weibe zur Schande gereicht, und von reiner,
treuer Liebe und dem festen Entschluß begleitet, in der
Lebensstellung, in welcher es Gott gefallen, sie zu
berufen, ihre Pflicht zu thun. Sie freute sich in dem
Gedanken, daß sie gewählt worden und nicht Griselda.

War es wohl möglich, daß sie, da sie geliebt ward, sich nicht darüber freute, oder daß sie, indem sie sich freute, nicht stolz war auf ihre Liebe?

Die Neuvermählten verlebten den ganzen Winter im Ausland, indem sie Lady Lufton ihren Plänen und Vorbereitungen zu ihrem Empfang in Framley Court überließen, und im nächstfolgenden Frühling erschienen sie in London und pflanzten hier ihr Banner auf.

Lucy zitterte in ihrem Herzen ein Wenig, als sie so ihre Pflicht vor der großen Welt begann, sprach aber mit ihrem Gatten wenig oder Nichts darüber.

Andere Frauen hatten sich schon vor ihr in derselben Lage befunden und dieselbe mit Muth glücklich behauptet. Es ward ihr allerdings bange, wenn sie daran dachte, wie in ihrem eigenen Hause Lords und Ladies sich vor ihr verneigen, wie steife Parlaments-mitglieder mit ihr über Politik schwatzen würden; aber nichtsdestoweniger mußte es durchgemacht werden.

Die Zeit kam, und Lucy machte es durch. Die Zeit kam, und ehe die ersten sechs Wochen um waren, fand sie, daß es gar nicht schwer war. Die Lords und Ladies sprachen mit ihr über ganz gewöhnliche Dinge auf eine Weise, welche keinerlei Anstrengung nöthig machte, und die Parlamentsmitglieder waren auch nicht steifer, als die Geistlichen, welche sie in der Um-gegend von Framley kennen gelernt.

Sie war noch nicht lange in London, als sie mit Lady Dumbello zusammentraf.

Bei dieser Unterredung hatte sie ebenfalls eine kleine innere Gemüthsbewegung zu bemeistern, denn bei den wenigen Gelegenheiten, wo sie Griselda in Framley begegnet war, hatte ihre Freundschaft keine sonderlichen Fortschritte gemacht. Lucy hatte geglaubt, sie würde von der reichen Schönheit verachtet, und ihre Nebenbuhlerin war ihr ebenfalls widerwärtig, wenn auch nicht geradezu verächtlich erschienen.

Aber wie stand die Sache jetzt! Lady Dumbello konnte Lucy nicht wohl verachten, und dennoch schien es nicht möglich, daß sie einander als Freundinnen begegneten.

Sie begegneten einander, und Lucy eilte freundlich auf sie zu, um Lady Lufton's ehemaliger Favoritin die Hand zu reichen.

Lady Dumbello lächelte ein Wenig — genau in derselben Weise, wie da sie einander in dem Salon von Framley vorgestellt worden — ergriff die dargebotene Hand, murmelte einige Worte und trat dann zurück.

Genau so hatte sie es auch früher gemacht. Sie hatte Lucy Robarts niemals verachtet, sie hatte der Schwester des Vicars denselben Grad von Herzlichkeit gewährt, mit welchem sie gewöhnlich ihre B̶e̶k̶a̶n̶nten empfing, und nun konnte sie für die Gemahlin des Pairs auch nicht mehr thun.

Lady Dumbello und Lady Lufton sind fortwährend auf freundschaftlichem Fuße mit einander geblieben und haben einander zuweilen Besuche abgestattet, ein vertrauteres Verhältniß aber hat sich niemals entwickelt.

Lady Lufton kam auf ungefähr einen Monat auch nach London und begnügte sich hier, einen zweiten Platz auszufüllen. Sie hegte keinen Wunsch, die große Dame in London zu sein.

Die schwierige Periode kam erst, als sie ihr gemeinschaftliches Leben in Framley Court begann. Die ältere Dame verzichtete förmlich auf ihren Platz an der Spitze der Tafel, obschon Lucy mit Thränen sie bat, denselben wieder einzunehmen.

Eben so erklärte sie mit derselben Bestimmtheit, daß sie auch in keiner andern Weise die Autorität der nunmehrigen Herrin im Hause schmälern wolle; nichtsdestoweniger aber ist es in Framley eine allgemein bekannte Sache, daß in allen häuslichen und Gemeinde-Angelegenheiten Niemand weiter das entscheidende Wort führt, als die alte Lady Lufton.

„Ja, liebe Lucy, das große Zimmer, dessen Fenster in den kleinen Garten auf der Südseite gehen, war von jeher die Kinderstube, und wenn ich Dir rathen soll, so wirst Du es dabei lassen. Natürlich aber steht Dir auch jedes andere Zimmer zur Verfügung."

Und das große Zimmer, dessen Fenster in den kleinen Garten auf der Südseite gehen, ist in Framley Court noch bis auf den heutigen Tag die Kinderstube.

Ende des sechsten und letzten Bandes.